龙集拾光
Longji Shiguang

郑岚公 ◎ 著

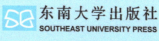
东南大学出版社
SOUTHEAST UNIVERSITY PRESS
·南京·

图书在版编目(CIP)数据

龙集拾光 / 郑岚公著.－－南京：东南大学出版社，2024.8
ISBN 978-7-5766-1405-3

Ⅰ.①龙… Ⅱ.①郑… Ⅲ.①散文集－中国－当代 Ⅳ.①I267

中国国家版本馆 CIP 数据核字(2024)第 086155 号

责任编辑：谢淑芳　责任校对：张万莹　封面设计：毕真　责任印制：周荣虎

龙集拾光

著　者	郑岚公
出版发行	东南大学出版社
出 版 人	白云飞
社　址	南京市玄武区四牌楼2号(邮编：210096　电话：025-83793330)
网　址	http://www.seupress.com
经　销	全国各地新华书店
印　刷	苏州市古得堡数码印刷有限公司
开　本	880 mm×1230 mm　1/32
印　张	13.25
字　数	230 千字
版　次	2024 年 8 月第 1 版
印　次	2024 年 8 月第 1 次印刷
书　号	ISBN 978-7-5766-1405-3
定　价	98.00 元

本社图书若有印装质量问题，请直接与营销部联系。电话(传真)：025-83791830

自　序

　　江苏省宿迁市泗洪县龙集镇位于洪泽湖与成子湖的交汇处，三面环水，一面临河，是一座美丽而宁静的半岛。自2021年10月至2024年元月两年三个月的时间里，我有幸成为龙集镇的一分子，工作之余，留下了一些诗词、文章和随笔。这些文字记录了我在龙集两年三个月来的点点滴滴，也见证了社区的发展和变化。

　　这里是我的第二故乡，我深深感受到了基层群众的热情和真诚。他们勤劳朴实，热爱家乡，对我始终如一地友好和支持。在与他们的相处中，我了解到了他们的生活、他们的困难和他们的梦想。这些经历和情感激发了我写作的灵感，让我用文字和照片拾取了美丽光影。

　　在这里，大自然的美景无处不在。我常常走在村庄的小道上，感受着清新的空气和绿色的环境，我所驻的社区在两湖之畔，又恰逢徐洪河入洪泽湖之处，水草丰茂，鸟语花香，每当夕阳西下，我站在湖边，看着夕阳的余晖洒在水面上，心中充满了宁静和感激，灵魂都得到了洗涤和净化。

龙集不光有着自然淳朴的美景，还有着历史沉淀的痕迹：春秋战国遗址、金纯墓冢遗址、姚兴贤良坊、应山朱庄井……漫步之余，仿佛穿越了时空。龙集还是一片红色热土，伫立在其间的应山烈士陵园，长眠着在抗日战争中牺牲的83位新四军四师烈士，身处其中，仿佛置身于岁月的峥嵘中，感受着先辈们的英勇与付出。

除此之外，龙集人的勤劳和智慧也深深打动着我，他们辛勤耕耘，为龙集的发展做出了巨大的贡献。在一次次田间地头的走访中，我深刻感受到了龙集人的淳朴和厚道。从开始的交朋友、同劳动，到一步步完成群众期待的任务，我亲身体验到了乡村生活的至简和不易。这些经历更加促使我用文字记录下百感交集，也让我更加珍惜生活中的每一个瞬间。

然而，龙集的发展也面临着一些困难和挑战。在龙集的这段时间里，我和社区"两委"干部一起努力为社区争取资源和政策支持，帮助他们解决实际问题。这些努力虽然微小，但每个人都各自开动脑筋坚守在自己的一片热土上，振兴的合力正在不断汇聚，乡村全面振兴已成为不可扭转的现实！我相信，只要驻守热土的人们坚定信心，迎难而上，乡村的未来一定会更加美好！

在这两年三个月的时光里，人们历经了基层防疫和极端气候的考验，时间也在百折不挠中既漫长又短暂，伴随着这些诗词随笔的成册，既是对自己经历的一种回顾，更是我对龙集深爱的情感表达。我希望通过这些文字，能够让更多的人了解这座美丽淳静的半岛，了解基层群众的生活和梦想，同时，也希望能够唤起更多人对乡村发展的关注和支持，让乡村的美丽和温暖得到更好的传承和发扬。

我的笔力有限，疏漏在所难免，但我会一直爱着这里，美丽的龙集。

2024年1月15日夜于书房

2024年1月12日,作者与后方单位同事、龙集镇党员代表合影于党群服务中心

作者与河口社区群众代表观摩社区厂房

图为 2021 年 10 月至 2023 年底，后方单位帮扶建设的广场、卫生室、路灯、充电桩、监控、防盗门等各类项目成果

2023年3月,后方单位领导与乡镇、社区"两委"干部合影
(照片左起:钟继康、沃海民、蔡同殿、戴文祥、吴楠、唐亮、郑岚公、景伯明、金杉、徐萍、刘菁、刘丰堂、陈鸣飞、华长福、李小会)

作者与龙集镇党委书记伍献同志(左)、人大主席朱浪同志合影

作者与龙集镇原党委书记吴楠同志合影

目 录

诗 篇

河口秋塘…………… 003	万家安盼…………… 022
白鹭洲记…………… 004	畜禽养殖污染整改
黄昏遇羊群………… 005	小记………………… 023
成子岸边问………… 006	结合当下的读书
责任莫忘记………… 007	有感………………… 024
回家随记…………… 008	美酒记……………… 025
只愿天长地久……… 009	成子湖考察记……… 026
盼雪………………… 010	壬寅清明作………… 027
牛首山问路………… 011	人生无处不江南…… 028
记龙集第一场雪…… 012	访姚兴贤良坊……… 029
悲牛记……………… 013	夜半恋村…………… 030
赞梅………………… 014	误解作……………… 031
宿舍待春…………… 015	想家了……………… 032
游洪泽湖岸边……… 016	蟹塘月下…………… 033
游河口码头………… 017	做自己该做的而已… 034
三八节记…………… 018	初夏宿舍记………… 035
两地挂星有感……… 019	新风广场散步记…… 036
春天在哪里………… 020	探应山朱庄井……… 037
全员核酸记………… 021	记秸秆……………… 038

001

壬寅端午记	039	壬寅寒露记	064
壬寅芒种记	040	月下梦别	065
五月十三关公		晨起记	066
磨刀节记	041	黄昏偶得	067
作自然	042	夜游成子湖	068
盛夏有感	043	落雨偶得	069
夏日雨记	044	龙集接颔联赞	070
雨后彩虹作	045	肃秋记	071
暴雨天全员核酸记	046	秋日偶得	072
极端气候担心		立冬日作	073
家人记	047	记思念的人呐	074
夏日窗前梦醒	048	日暮雨作	075
成子湖观莲	049	吾心论	076
离愁别绪	050	壬寅小雪	077
日下感怀	051	淞雨记	078
荡舟记	052	冬日小阳	079
期盼降温记	053	大雪不见雪反而暖阳记	
高温蟹奠	054		080
高温玉米长势忧	055	更加注意自我	
秋水吟	056	防护记	081
河口遇见俩女孩记	057	案头偈	082
壬寅白露记	058	安禅制毒龙	083
月下偶得	059	为预防而作	084
壬寅中秋感怀	060	君道长，冬至记	085
秋雨记	061	岸头一偈	086
有感于冬去春来	062	2022腊八记	087
记夜晚降温降雨	063	二零二二记	088

2023元旦送药记 ⋯⋯ 089	癸卯年谷雨有道⋯⋯ 116
壬寅小寒作⋯⋯⋯⋯ 091	三更偶得⋯⋯⋯⋯⋯ 117
小年记⋯⋯⋯⋯⋯⋯ 092	初夏⋯⋯⋯⋯⋯⋯⋯ 118
过大寒⋯⋯⋯⋯⋯⋯ 093	念君⋯⋯⋯⋯⋯⋯⋯ 119
栖霞游记⋯⋯⋯⋯⋯ 094	桐城小花赞⋯⋯⋯⋯ 120
二月立春记⋯⋯⋯⋯ 095	醉翁亭游记⋯⋯⋯⋯ 121
哪有颜如玉⋯⋯⋯⋯ 096	立夏无事⋯⋯⋯⋯⋯ 122
夜半睡不着作⋯⋯⋯ 097	老门东游记⋯⋯⋯⋯ 123
癸卯惊蛰记⋯⋯⋯⋯ 098	拔河记⋯⋯⋯⋯⋯⋯ 124
君子到⋯⋯⋯⋯⋯⋯ 099	小满记⋯⋯⋯⋯⋯⋯ 125
三月花⋯⋯⋯⋯⋯⋯ 100	鱼鱼鱼⋯⋯⋯⋯⋯⋯ 126
唤枯荷⋯⋯⋯⋯⋯⋯ 101	秸秆禁烧记⋯⋯⋯⋯ 127
记大风⋯⋯⋯⋯⋯⋯ 102	秸秆记⋯⋯⋯⋯⋯⋯ 128
记春樱⋯⋯⋯⋯⋯⋯ 103	田间即景⋯⋯⋯⋯⋯ 129
夜赏春樱有感⋯⋯⋯ 104	刈麦歌⋯⋯⋯⋯⋯⋯ 130
癸卯春分时⋯⋯⋯⋯ 105	问荷⋯⋯⋯⋯⋯⋯⋯ 131
春茶可思⋯⋯⋯⋯⋯ 106	芒种记⋯⋯⋯⋯⋯⋯ 132
三月最后日洪泽	夏日夜怀⋯⋯⋯⋯⋯ 133
岸边吟⋯⋯⋯⋯⋯ 107	夜间偶得⋯⋯⋯⋯⋯ 134
棠梨花⋯⋯⋯⋯⋯⋯ 108	书房小记⋯⋯⋯⋯⋯ 135
晚风吹人相思记⋯⋯ 109	一阵雷雨⋯⋯⋯⋯⋯ 136
癸卯清明记⋯⋯⋯⋯ 110	吃茶⋯⋯⋯⋯⋯⋯⋯ 137
应山游记⋯⋯⋯⋯⋯ 111	日暮田间⋯⋯⋯⋯⋯ 138
楼下樱花盛开记⋯⋯ 112	小青柑⋯⋯⋯⋯⋯⋯ 139
相约春风里⋯⋯⋯⋯ 113	风云记⋯⋯⋯⋯⋯⋯ 140
海棠春尝鲜⋯⋯⋯⋯ 114	雨夜真如意⋯⋯⋯⋯ 141
夜望尘外记⋯⋯⋯⋯ 115	雨天感怀⋯⋯⋯⋯⋯ 142

赞龙集六月黄	143	东嘴湖日落记	170
端午缅怀	144	秋日上湖	171
夏至都过了呀	145	癸卯七夕叹	172
颂农歌	146	癸卯处暑记	173
夕阳亦寻常	147	雨中碎莲	174
记我的书签	148	夜阑西窗	175
一茶一盅栀子风	149	成子湖边中元夜	176
壁虎做客之歌	150	洪泽湖日落记	177
龙集龙虾赞	151	秋别	178
七一党赞	152	尚嘴秋食记	179
五十年赞	153	白露・出发	180
月下打油	154	师恩赞	181
记两地分居的人	155	静夜	182
吃洪泽湖小银鱼记	156	荷香被秋风所吹尽	183
夏日余晖	157	癸卯秋分记	184
临窗吃茶	158	中秋望月有感	185
癸卯小暑记	159	寒露	186
勿忘贵人无量佛	160	Time goes by	187
避雨	161	重阳记	188
成子湖边听雨	162	癸卯霜降	189
大暑读书	163	秋深耕记	190
日落归闲	164	朝辞金陵	191
河口莲蓬赞	165	日暮偶成	192
月夜偶得	166	河口降温记	193
此刻星光洒在床	167	癸卯立冬盼	194
八月八日立秋	168	青伊湖记	195
入秋夜明	169	北上河口	196

龙集小雪记⋯⋯⋯⋯⋯ 197
开工喜庆浓⋯⋯⋯⋯⋯ 198
十一月最后一天
　冬村行⋯⋯⋯⋯⋯⋯ 199
癸卯大雪⋯⋯⋯⋯⋯⋯ 200
寒风晨枝⋯⋯⋯⋯⋯⋯ 201
龙集来雪⋯⋯⋯⋯⋯⋯ 202
记参会⋯⋯⋯⋯⋯⋯⋯ 203
看雪⋯⋯⋯⋯⋯⋯⋯⋯ 204
迎冬至⋯⋯⋯⋯⋯⋯⋯ 205
回暖记⋯⋯⋯⋯⋯⋯⋯ 206
晨起大雾⋯⋯⋯⋯⋯⋯ 207

龙集大雾⋯⋯⋯⋯⋯⋯ 208
天净沙·冬念⋯⋯⋯⋯ 209
跨年记⋯⋯⋯⋯⋯⋯⋯ 210
话别⋯⋯⋯⋯⋯⋯⋯⋯ 211
小寒风相似⋯⋯⋯⋯⋯ 212
见花偶得⋯⋯⋯⋯⋯⋯ 213
无题⋯⋯⋯⋯⋯⋯⋯⋯ 214
心自欢⋯⋯⋯⋯⋯⋯⋯ 215
着什么急立春⋯⋯⋯⋯ 216
春立朝雪⋯⋯⋯⋯⋯⋯ 217
守岁祝愿⋯⋯⋯⋯⋯⋯ 218

文 篇

夕阳高速⋯⋯⋯⋯⋯⋯ 221
黑美人蛋糕房⋯⋯⋯⋯ 223
苏北的菜：白菜
　羊肉⋯⋯⋯⋯⋯⋯⋯ 225
基层民主选举的直接
　观察⋯⋯⋯⋯⋯⋯⋯ 228
毛姆《面纱》揭秘⋯⋯ 236
人最怕就是动了
　情呀⋯⋯⋯⋯⋯⋯⋯ 241
突入一场雨记⋯⋯⋯⋯ 243
石楠与樱花记⋯⋯⋯⋯ 244
虞美人记⋯⋯⋯⋯⋯⋯ 246

生命的流年和不能承受
　之轻⋯⋯⋯⋯⋯⋯⋯ 247
浪狗乐与狗不吠记⋯⋯ 250
黄昏雨记⋯⋯⋯⋯⋯⋯ 251
夜晚路上的小灯⋯⋯⋯ 253
苏东坡和鬼故事⋯⋯⋯ 255
完善农村居民医疗保险
　制度的思考⋯⋯⋯⋯ 258
凌晨两点的炮仗声⋯⋯ 268
《牛虻》记⋯⋯⋯⋯⋯ 270
情人节趣记⋯⋯⋯⋯⋯ 272
刮胡刀的救赎⋯⋯⋯⋯ 275

被当成了别人的一忧一喜 …… 278	偏远穷困村的振兴路 …… 319
还好，此刻的我在成子湖上 …… 279	属相和出生时间的确立标准 …… 326
春天来了，向你告白！…… 281	读书随想 …… 331
老杨 …… 283	论《挪威的森林》的绿子 …… 332
老太守的棒喝 …… 286	论《挪威的森林》的直子 …… 336
苏北的梅雨时节 …… 288	学用结合、手脑并用、稳进统一，做一名可用可造可靠的第一书记 …… 342
今日看书有感，魔沼和谷崎 …… 289	
有德者不貌相 …… 290	
晚间的对话 …… 291	
回忆小时候的暑假 …… 295	
孔子的"仁"与老子的"不仁" …… 297	党建引领，让村民收获乡村振兴发展红利 …… 347
写的不会是我吧 …… 299	孔子小传 …… 351
渔民上岸，这方水土这方人 …… 300	孔子之死 …… 368
天理与自然 …… 306	从尸德到仁爱 …… 370
丧狗或为丧家犬 …… 307	养生短论 …… 388
色难 …… 308	换花甲法 …… 389
夜读《安娜·卡列尼娜》…… 309	否卦就该否吗 …… 394
Kitsch，是媚俗还是什么 …… 310	中西方对待才女的不同 …… 400
	感恩疤痕 …… 401
吃鹅记 …… 315	**后记** …… 404

诗 篇 | poetry

河口秋塘

渔翁不理车马喧,日傍拨水叩船眠。
孤枝落叶涟水后,一片秋天水塘前。

注释:来河口村报到已是深秋时节,这天在走访村民的路上偶遇此景,季节更迭,时光蹉跎,现代化的工具似乎并没有打扰到乡村农作,车一辆一辆地过,蟹农却怡然自得,不知冬之将近。这是我来村后写的第一首诗。需要说明的是,河口位于龙集镇北大门,1952年设吴巷大队,1965年更名为河口大队,2001年与杨洼村合并,改为河口村。2014年更名为河口居委会。2022年根据市委组织部、民政局统一规范要求更名为河口社区。但人们更习惯称之为"河口村。"

白鹭洲记

白鹭群里白鹭游,浅滩浮影自在洲。
草郊岸荒幽径处,青林早有树岸头。

注释:这是我们村的美景。2021 年 11 月 17 日,在村里走访的时候,偶遇一处养殖白鹭的浅滩。虽然是养殖,但是在浅滩里,白鹭翩翩起舞,自由自在,丝毫不畏惧站在一旁的我。却也不知何时,远处的白桦早已聚木成林。

黄昏遇羊群

斜阳西下看群羊,林荫道上染金黄。
莫问归来迟到否,牧人自守盘中香。

注释:这天在回村的路上,偶遇放牧的羊群,镇上的工作人员和我说,这是村民自己养殖的羊,再大一点就可以卖掉,利润可观。一般都在荒郊野处牧羊,在主干道相遇尚不多见。你看,我们的车被挡住了,对面的车也被挡住了,虽然延误了点时间,但是看着羊一只只从身边走过,美好的田园风情立刻就油然而生了!2021年12月23日记。

成子岸边问

请君举目望,勿顾风水凉。
此处无蓬莱,谁在水中央?

注释:2021 年 12 月的一天,我来到了成子湖岸边湖边寻找渔民。记得当时是零下 7 度,湖水拍打上岸顷刻间就冻成了冰溜溜,寒风刮着脸,冷到耳机都自动关机了。这一片无边无垠的大湖,承载了周边村民的希望,虽然现在禁捕退捕,但是随着生态一天天的好转,相信此处也会有着蓬莱仙岛,带给村民无比的富贵。

责任莫忘记

一年一年闹春枝,枝枝花开皆有时。
来年寄往莫忘记,RESPONSIBILITY!

注释:年前,村里组织了一次"念党恩、感党恩"的慰问活动,从驻村书记的经费支出了一部分钱,第一次慰问了村里的困难群众。村"两委"组织得很好,大家其乐融融,过年的气氛开始有了。在写这首诗的时候,偶然看到互联网上的谐音,正好用在最后一句押韵。莫忘责任,在新春来临之际共勉吧!照片为村里的一景。

回家随记

清尘收露水,雪中有鸟飞。
情谊当至此,心暖地自归。

    注释:在回家过年的这一天记下温馨的感受,有村民和乡镇的同事送别,看着稀疏的雪花飘落,还有鸟儿没有归巢,街道上开始张灯结彩,食堂的伙食也好了一些,想家的心情似乎更迫切了。这是早饭,还不错吧!2022年1月27日记。

只愿天长地久

昨日雪疏白昼,今夜似无似有。
试问有情人,可否一夜白头。
别走别走,只想天长地久。

注释:天气预报说好的"暴雪"却不见踪影,稀稀落落的雪点,是不是被昨夜的大风刮跑了?还想着雪夜漫步一夜白头,如今两地分居,更觉得人世间最美好的时刻就是和相爱的人天长地久,便模仿李清照的《如梦令》诌了这首。照片为镇政府的一角,这样的小广场是我心念的样子,它为日后村里广场的建设提供了鲜活模板。

盼 雪

大雪何时来,心中雪纷纷。
偶尔似飘过,落地了无痕。
过往何所望,当下何所能。
留白既如此,未来事定成。

注释: 天气预报的大雪勾起了人们的期待,却始终不见来。偶尔听见窗外有人喊道"下雪喽"!结果飘了几朵就再见不到了。此处留白,日后填满,想来这也是好兆头吧!照片拍摄的是社区内一块一万多平方米的空地,我们准备在这块地上建起一座广场,供村民们文化生活之需。

牛首山问路

遥望牛首见禅灯,西风小雨未见僧。
忽如一晌雪花来,借问菩提第几层。

注释:2022年2月3日大年初三牛首山观光,伴着风雨,妻儿老小却兴趣盎然!心心念念着雪,没想到却在佛宫门口飞舞了起来!雪飘如絮、纷纷扬扬,寻找佛宫入口的间歇,却遇见了不期而遇的雪,感慨缘分妙有,意境难以言胜。

记龙集第一场雪

卧榻听窗雪茫茫，浓睡小憩又何妨。
笔墨难书身头事，一抹相思最断肠。

注释： 2022年2月7日清晨，在被子里的我，似乎听见了外面呼啦啦的风雪声，如此铺垫，还是被开窗后一片茫茫雪色意外到了。河口终于下雪了，而且依然在下！镇上的同事和我说，这样大的雪，龙集也是不多见的。雪落勾人思，相见尤恨迟，望着窗外的白雪，我也不禁思念起了家人。

悲牛记

树绕圩堆土上篱，凡花叶落枯木稀。
老牛不知霜化水，满床乌啼落苇溪。

注释：村里有一位村民，和一头牛相依为命。年前牛还好好的，今天突然听说，和他相依偎的牛没了。今天上午，这个人一直对着天空叫嚷，说着别人也听不懂的话，村民说他又犯病了，跟他说什么也没用。我们趁着这个当口，给他安排了更好的住处，动员他搬迁，他终于同意了。随着最后一户的搬迁，河口广场终于要破土开建了。2022年2月9日便写了这首诗。

赞 梅

晨朝迟暮几回曾,梅向寒开勇为争。
花期不畏天意冷,怎得孤傲负苍生。

注释:在龙集,春寒料峭中依然看到了坚守的梅花,同事说:"花都坚守在岗位呢!"是啊,疫情防控的时候,连花都不惧寒冷坚守在岗位。由花及人,望着每位坚守在岗位的同事,心中油然升起敬意,令人动容。每次龙集全员核酸的时候,镇上的同事和各村(社区)的同事都四点多就起来忙着准备。

宿舍待春

设卦案台望风牖,乍暖还寒在西楼。
夜色难寐桃源宴,出芽铺书脱轻裘。

注释:想到明天要走访隔壁村,心里就莫名期待起来,思绪飞快地转,计划行行地列,更难入眠了。2022年2月14日的这一天,小宿舍窗台透着风,可是室内却一点也不冷,想来春天也快来了,身上的厚衣服也快要脱掉了。莫名欣喜,春天要来了。

游洪泽湖岸边

冬去暖来小花憨,千里湖羹鱼肚白。
双柑斗酒深情水,雨丝风片画春来。

注释:2022年的2月20日,老杨同志带着我去洪泽湖边探访,看了洪泽湖边的蟹塘和连天的洪泽湖水,心胸仿佛打开了一般。天空中点点滴滴,不知是风吹来的湖水还是天降下的雨水,水烟朦胧中我仿佛感受到了春天的气息。春天,离我们越来越近了……

游河口码头

余晖不知天在水,我亦不知白发多。
正是春风渔歌子,只待君来论如何。

注释:今天来到了坐落在河口社区成子湖边的小码头,督促禁捕退捕渔船的处置。风呜呜地吹,风车呼呼地转,我被这里的苍茫打动,心里不禁想起了单位的同事们和朋友们,好期待他们能来这里转一转,看一看这里的水天相接,看一看这里的冬春交融。龙集的天湖一色多么质朴辽阔啊!

三八节记

日照围芳小镇旁，春水芙蓉花有香。
风韵有情深一漾，何止气兰驭农桑。

注释：2022年3月8日，龙集镇组织妇女同志们放半天假。开会结束后，我才发现，乡镇原来这么多年轻的女性干部，而且个个生机勃勃活力四射！不得不说基层女性有力量，女同志能顶半边天！照片为龙集镇各社区妇女主任与乡镇分管妇女儿童工作的副镇长（左八）、妇联主席（左九）的合影。三八节这一天有感而作。

两地挂星有感

衾影挂壁相伴坐,星星点灯两地愁。
三月春寒何其久,岂止思念下升州。

注释:这是段特殊的时期。一夜之间,打开手机行程码,南京和宿迁两地都带"星"了,这就意味着两地来回将是非常麻烦的事情,最好的做法就是安心驻村,不回南京。三月份的天又久久不见升温,这种担心与思念真是一言难尽啊。升州是南京在唐朝时期的名称,后在北宋年间改为江宁府。照片是宿舍窗外一景,记于 2022 年 3 月 19 日。

春天在哪里

人间已是三月天,哪有百花哪有烟?
阵阵不离凄风雨,冬寒岂能久坐天!

注释:2022 年 3 月份的时候,病毒形势严峻,寒潮不断,已到了春暖时节却依旧看不到花开。原本应该烟花缭绕的龙集河口在哪里呀!村里广场那株株梨花海棠在哪里呀!躁动中写了这段牢骚诗,惹得组织委员忍俊不禁。照片为 5 月份春夏时节的龙集镇河口社区碧根果林一角,而写作此诗的时候,可都是光秃秃的枝子哦。

全员核酸记

一轮二轮三四轮，安全驻村守家门。
清零在即沉住气，齐心协力正乾坤！

注释：情况又突然紧张起来，但大家井然有序，乐观向上，每次全员核酸，乡镇的同事都是凌晨四点集合，大家没有丝毫怨言，挂着黑眼圈早早地就在各个岗位准备好，虽然疲惫，但都精神抖擞！坦率地说，原本有点焦躁的我也被打动了。照片为龙集镇组织群众做核酸检测的场景，拍摄于 2022 年 3 月 23 日清晨。

万家安盼

终道香开拾春衫,我看百花照大湾。
待到清明四月五,杀尽毒株万家安!

注释:2022年3月份,在不断地督访和排查中,龙集一直没有现阳。我时常觉得,相比于人口集中的城市而言,视野开阔的乡村倒是格外安全与宁静。大家都各忙各的,完全没有受到疫情的影响,乐观向上的精神面貌深深打动了我,使我越来越感受到,农村就是中国抗疫的大后方,默默为中国防疫做出了不可替代的贡献。

畜禽养殖污染整改小记

迷迷瞪瞪小黄牛,无人执你脏鼻头。
春风邀你出门看,你却笑我不自由。

注释:我们给村里的五保户买了一头小黄牛,去看望他的时候,正逢畜禽养殖污染整改,小黄牛被关在了家里,闷着头也不搭理人。我想放它出来,可是想想自己,不也有很多身不由己吗。大家都关在天地间,室里室外又有何区别?2022年3月29日畜禽养殖污染整改记。

结合当下的读书有感

万象森罗几回晨,六识六情付我身。
五蕴皆空难离苦,浑然放下有几人?

注释:任务来了,要向单位申报项目计划了,报什么项目,哪些合适?我想到了和父亲聚少离多的女童、想到了抱着孙女在土灶边取暖的大妈、想到了看着我眼里充满期待的老奶奶,而我此刻心中一切都是未知,加之村里一些琐碎的事务,让我越发焦急不安。夜来风雨,想想当下情势和村民所盼,在2022年3月31日的凌晨时分写下这首诗。

美酒记

苏北月落酒人栖,饮罢四肢畅如怡。
别有深情酬不起,芳醪一碗终难移。

注释:周末和基层朋友们相聚,盛情难却,吃了苏北的好酒,好啊,醉了又何妨,醉了也忘不了乡亲们的热情啊!图片是龙集镇特色美食:贴饼,粗犷而又劲道!

成子湖考察记

田间地头走一走,发现致富小帮手。
靠水吃水天地人,三才庇护跟党走!

注释:如诗所言,在走访的过程中越来越深切体会到乡村全面振兴,离不开本土资源的开发,更离不开党建力量的引领!照片为龙集镇田集村一景。当时我正在这条路上走向他们的村部呢!

壬寅清明作

远乡松岗在心丘,清明焚黄举心惆。
生逝不关春风记,思念无涯水漾舟。
情愿冥冥梦有真,告别仍可再相逢。
浮生所念忠孝养,且把青烟换轻愁。

注释:爷爷就是从宿迁走出来的,所以在清明来临之际,寄托思念,放眼未来,加把劲吧,好好干!2022年4月4日清明思念先人,照片为成子湖畔。

人生无处不江南

人生无处不江南,苏北亦有江南岸。
日出春风十里地,半升烟花祛秋寒。
郊扉户牖花两鬓,长年摇橹至冬衰,
最忆渔歌湖上有,人生无处不江南!

注释:今天读到了同事写的一篇文章《人生无处不江南》,让我颇受触动,"人生无处不江南,苏北亦有江南岸",自己在苏北,不也是在此刻的"江南"吗?境由心生,物随心转,心之所向,境之所在。临湖而居,四季更迭,半岛龙集的淳朴和美丽,让我挥笔而就写成了这首诗,龙集的大美应该让人们都知道。照片为成子湖岸边。

访姚兴贤良坊

千年雨打农田屺,相从姚兴坊亦奇。
不论风骨今还在,更见贤良胜往昔。

注释： 今天来到龙集的姚兴,听当地群众说,这里有一座建于清代光绪年间的贤良牌坊。牌坊为祖庄祖女守贞节而立,1967 年遭到损坏,后又在当地村民集资下于 2008 年修复。坊额书"贤良正坊""贞节"。牌坊两侧柱上刻有"节后冰霜真逾金石,心如松柏芳并芝兰"的对联。我回来查了相关资料,原来祖女生于 1653 年,与姜氏袍尿布做亲,她的未婚夫姜氏在念私塾期间生病死亡,祖女来姜氏吊孝后就再未回家,后一直在姜家孝敬公婆,此事至今还在当地流传。我想,这就是厚道龙集的一个侧影吧！

夜半恋村

憔悴愁生晚痕烟,月明树梢却难圆。
书灯残影半盏水,却怕归期还忆田。

注释: 广场建好后,每次在村里的时候,村民都会很热情地和我打招呼唠家常,村里有了大变化,村民们的情绪都很高涨,欢乐溢于言表。这样的氛围让我感动,晚上躺在床上思前想后:虽然这里的条件不如在家里,但两年之后让我回去,怎舍得离别呀。2022年4月16日夜记。照片为村里一景。

误解作

日照半篙檐槛外,暖枝摇尽树头花。
风情不解花伤逝,吹落香绵立昏鸦。

注释:世上难有双全法,好在总会峰回路转,误解会消除,偏见会改变,只要用心去做,真诚待人一切都会朝着好的方向发展。留作此诗,是想提醒自己,工作哪有容易的事呢。写于2022年4月17日。照片为宿舍楼下一景。

想家了

情深情浅绵绵,想起想念连连。
红砖壁炉跟前,梦醒梦睡怜怜。

注释:女儿问妈妈,爸爸什么时候回来,一句普通的问话却让我百感交集。现在回不来啊,再等等吧,大家都在一线奋战,等到春暖花开疫情散尽,我们就能安安心心地见面了。夜里想家所记,2022年4月21日夜。图为妻发给我的照片。

蟹塘月下

夜清幽明蟹塘前,满天金蟾伴湖鲜。
不知身为异乡客,惊觉回首已夏天。
春风有意多问事,咫尺上天近在颜。
可怜多情伤不起,笑指人如天上月。

注释:2022 年 4 月 27 日的夜晚,村民朋友邀我一起去自家的蟹塘看看,当时正在筹划单位采购农副产品的事,理所当然应该答应邀约同去看看。于是在月明高挂,凉爽宜人的夜晚,我随他们一同来到蟹塘边,耳边遍布虫鸣,眼前一片寂静,多么美好的夜晚。想起之前的种种,一切不悦也烟消云散了……

做自己该做的而已

菩提树下结因果,三千世界衍寂寞。
无色无空如来地,何来偏执要还我。

注释: 2022年5月28日下午,来到村里,看到篮球场的地坪已经做好了,篮球架也搬过来了,之前的烂泥地已然不见踪影了,广场已初具规模。村民都很开心,见到我就说感谢的话,我也很开心,但广场并不是我一个人建好的,而是所有人的共同努力,我想说的是,更要感谢党,感谢镇政府,没有大家的齐心协力,广场哪能这么快地建好呢?

初夏宿舍记

鸟鸣窗外俏,探枝寻欢闹。
不知人何处,风拂绿丝绦。
夏风吹我老,笑我旧轻佻。
倚案欲自寐,忧乐独悄悄。

注释:2022 年 5 月 29 日凉夏周末的午后,在宿舍一时夏倦,便找书来读,读着读着却打起了盹,朦胧中似乎回到了从前,往昔如走马灯一样从眼前转过,我忽地惊起,发现书已不在手中。望着窗外扎染般的绿,想睡却不忍再睡……

新风广场散步记

景秀径长满目香,落黛星辰小晒床。
寻声偶驻梨花树,已有垂髫纳风凉。

注释: 有一天傍晚在广场,转过梨花树的时候,远远瞧见一幅画面:茂密的青叶下,男女老幼坐在一起,纳凉闲聊,目之所及和谐美好……可惜当时没有拍照,但这场景在脑海里常常浮现,催促我不写点什么似不罢休一般,便作之。图为河口社区广场一景。

探应山朱庄井

龙飞千古应山开,万里贤家望井台。
不知凿井人今在,但作暖风扑面来。

注释: 今天来到龙集镇的应山村,听当地人说,村里朱庄东南方向有一口朱庄井,挖掘于1662 年,当地有很多关于这口古井的传说,值得一看。我应邀而去,在田亩里找到了这口井。我寻思是两口,当地人却告诉我说,此井口直径有 1.7 米!如今看到的是直径 3.2 米圆形井盖覆在井口上,上面的二孔是方便人们取水的。我定睛观瞧,果不其然;靠近一探,更是深不见底。当地人和我说,此井深 10 米,与洪泽湖相连,金圩、应山、杨邵等地的村民皆吃此水。1943 年、1954 年修理过两次,如今此井水质依然很好。听后不免啧啧称奇!

记秸秆

卸甲绸备战,万丛卧沙疆。
秸秆无雁寄,夜阑伴风殇。

注释:又到了秸秆禁烧的时候了,望着一片片秸秆倒下,场面犹如沙场,白天见不到天上的飞雁,到了夜里却要担心秸秆会不会燃烧。大队长和我说,别看那小小的烟头或是蚊香什么的,一个芝麻大的火点借着风势就能很快燃烧一大片区域!所以有风的夜晚更是要不断排查。秸秆浑身都是宝,是烧掉好,深埋好,还是留作日常之备料?大自然的神奇令人畏惧,古人的循环理念更促人深思。

壬寅端午记

何时初夏揽骄阳，佳旦和觞水一方。
不盼高粱觅令敕，绮罗喧嚣出香坊。
艾叶磐著自高冠，粽包两髻出直方。
香飘不问何处有，漫步此间是故乡。

注释：2022 年 6 月 3 日，是我在龙集过的第一个端午节，恰遇逢集，人声喧嚣，好不热闹！人们也不把我当外人，担心我一个人在这里寂寞，这个邀请我去坐坐，那个邀请我去吃饭，微信响不停，走路都要回信息，可是我想一个人走走呢，因为在这里的日子一点也不寂寞，这里也是我的故乡啊！

壬寅芒种记

别时送花神，忙种迎仲夏。
书案苦夜短，午梦方觉长。
风宜人眠画，画眠风宜人。
不恋倦上榻，种收亦有同。

注释： 芒种节气的这一天，一位乡镇的朋友在微信上给我发来一张照片。照片中，烈日炎炎下，一位老妇人正在田间劳作。朋友和我说，那是她的妈妈，这个时候还在劳作，话语间流露着心疼。当时我正在苦于写作，绞尽脑汁之时看到这张照片，心中顿时五味杂陈。我告诉她，我也正在耕耘呢，无论哪一种劳作，坚持下去都会有收获的，但心中有种说不清的滋味。

五月十三关公磨刀节记

夜有凉风星伴月,日有清阳展地头。
不愁值影无人睐,只盼滂沱缓清愁。
关公守护有其幸,磨刀霍霍预绸缪。
麦仓归谷终成稻,自起雨顺且风调。

注释:村里的老人和我说,今天是关公节,北方不怎么过,主要是南方人过,据说这一天若是下雨,今年肯定就有好收成。我感觉神叨叨的,便上网查了一下,果不其然还真是有名有姓的"关公磨刀节"!靠山吃山靠水吃水,对自然的依附自然就会有着对天地的敬畏,在村里待的时间越久,我越是能体会到当地人对自然的这种信任,与其说这是一种文化的迷信,倒不如说这是对传统的敬重。相对于现代城市里敢于批判的科学精神而言,我倒是觉得这种对天地自然的敬畏却是处理好人与自然关系的优选心态呢!2022年6月11日记。

作自然

花开花谢自有时,应天合地了无碍。
玉兰凋落犹可盛,桂花向阳香自来。
我自屋内游寰宇,田间地头还复还。
问天何为安顿法,六经勤学作自然。

注释: 不知何时,楼下的白玉兰凋谢了,但是桂花却开了。屋里一直萦绕着香气,让人心情放松。一谢一开,本是自然,但颇具禅理。上午写了前半段,有事被打断了;下午从村里回来又补了后半段,合在一起竟也押韵。

盛夏有感

热影重重暗,乡路迟迟还。
还道冬意好,凉梅细细开。

注释:天太热了,热的都没人打球了。热得不想动,热得不想打球,也热得不想动笔、不想思考了,难怪有人会说中国古代描写夏天的诗是最少的。难不成不喜欢夏天的人也居多吧。大家都在屋里忙着呢!2022 年的夏天真是太热了!

夏日雨记

久旱逢甘露,好雨才发生。
水打窗格栅,风啸润沃土。
天有水墨画,地显黄金纱。
人居三才首,天地达万家!

注释:2022年6月23日龙集终于下了雨。久逢甘霖心情爽,这边视野开阔,风卷地坪,只要雨稍微大一点,那阵势就足以慑人,加上刮风卷泥的,一阵呼一阵啸,气势如虹,这叫下得一个爽啊!照片是在雨后拍的,各个生灵得到了滋润,水真乃万物之源!

雨后彩虹作

天上彩虹搭大桥,神仙眷侣云中撩。
风雨雷电及时雨,看落愁花抚洞箫。

注释:暴雨呼啸,来得快去得也快,广场刚刚建好,很多村民朋友们都在广场看雨,随着雨去虹来,一幅美景出现在了广场的上空。好大的一架彩虹啊!当时有村民朋友对我说:"何不作诗一首?"看着家家户户门口的小菜园都被雨水滋润得水灵灵的,我就诌了这首打油诗,哈哈!话说,这番景象在城里倒不多见呢!

暴雨天全员核酸记

田间麦苗满，鱼湖连天黄。
乾坤相吞吐，天地水茫茫。
狼烟四边起，不惧雷雨狂。
卫士齐戴甲，大道守四方。

注释：不记得是第几次全员核酸了，大雨倾盆而下，来势汹汹，但是一点都没有影响到群众有序核酸的秩序，如此团结一致，何愁疫情不破，何愁战疫不胜？2022年6月27日晚上记。

极端气候担心家人记

常盼灵泽伴心曲,身穿青衣钓白鱼。
岂知金陵注滂沱,心似归箭越风雨。

注释:2022 年 7 月 10 日大雨骤风,风带着哨子,呼啸着一阵阵拍打着玻璃。极端气候反复,在村里的我也不免担心家人,当时归心似箭,便写下这首诗。照片为龙集镇勒东社区的湖域,如今退捕禁捕,再也难见到这样的渔船了,照片由龙集镇提供。

夏日窗前梦醒

一枕小窗幽梦长,惊起却闻雨打窗。
寻书不见暗自喜,歇罢展目日方长。

注释:2022 年 7 月 17 日中午在窗边看书,看着看着昏昏惛惛就睡着了。不知过了多久,被雨水拍打窗户的声音惊醒,手中的书又不知道去哪了。望着窗外水天一色的情景,恍惚片刻,看不看书也不重要了吧。照片为河口社区的路口,由龙集镇提供。

成子湖观莲

偶来湖边已大暑,飞花吹尽探花游。

深情一往洪湖水,扑面莲香绕三周。

静身不扰鱼虾舞,绿水照人映岸头。

不见新妆采莲女,芳华独赏亦风流。

注释:2022 年 7 月 23 日中午,应村民朋友邀请,我去村里的生态农场观莲,莲花美丽,香气宜人。他们和我介绍说,莲子分平常莲和水果莲,前者就是常见的莲子,涩中有甜,而水果莲则甜脆可口,是如今的新品种。我虽然不太喜欢吃,但听着村民朋友的介绍还是强咽了几口口水。现在莲子还没成熟,等成熟的时候一定要尝尝。

离愁别绪

西楼别序唱离愁,提笔未见已回眸。
温柔总待相聚时,哪有眉梢锁深秋。

注释:在家里休息了几天要返回村里了,离别的时候还是有点不舍。我常和朋友说:在家里待久了不想回村里,但在村里待久了同样也不想回家。这两种不舍恐怕就是挂职锻炼的一大矛盾吧。哈哈,但是无论如何,都要来啊,因为村里有需要我的人啊!正好听到《西楼别序》这首歌,便作此诗。照片为龙集镇的柿子树,由龙集镇提供。

日下感怀

何时窗阑锁青空,不辞昨日天水流。
总有骄阳映疏影,雀鸣树下一角风。

注释:2022年的盛夏遭遇了几十年难遇的高温。昨日的大雨并不能一扫数日的炙热,只有站在大树下面,才会偶有小风吹过。一碧如洗的天空下,偶尔能听到树林里的鸟叫,似乎也都不出巢而在避暑。大家都在问,这天呐,什么时候才能降温呢……7月持续高温便有此记之。

荡舟记

清水窈窕水中央,一点粉香美人妆。
不见红尘青衣里,谁家姑娘唱心芳?

注释:2022年7月30日午后,村民朋友带我到河口社区的荷塘荡舟!虽然有杂草,但是气味宜人,满目清凉,眼前是泼墨般的粉花和绿荷,仿佛身处画卷,真是美不胜收啊,只可惜当时只顾着采莲,没有拍照。照片由龙集镇提供。

期盼降温记

日上青阳九天亭,霄云无有鸟不行。
只待秋啸一阵起,晴川踏马载风吟。

注释: 太热了啊!何时才能凉快下来,何时才能有风,等有风的时候,一定把你们这些热气吹得七零八落!2022年8月5日高温天记,照片拍于成子湖边,那时的湖水似乎都在蒸腾,阳光太灼人了!

高温蟹奠

洪湖有水天无情,杀得八月遍蟹尸。
哪有苍天无情处,弃把万物作刍狗。

注释:2022年8月13日记。极端气候持续,持续高温让很多蟹塘蒙受损失,蟹农焦急,想尽各种办法给蟹塘降温。网上也出现了很多蟹塘爆塘的视频,但是在龙集,政府组织专家和工作人员进行了抢救,并给予了一定的补助,全力挽回蟹农损失。

高温玉米长势忧

皓日无雨不结籽，玉米高秆空有枝。
若得牛饲刍青储，更添岁里万亩食。

注释：2022年8月26日，去村里的时候，发现因受持续高温气候影响，村里的玉米开始出现不结籽现象。河口的妇女主任向我提议，可以尝试联系饲料公司来收购做成青储饲料，但是量又不多，终未成事，甚为可惜。

秋水吟

月海花千野,秋水叶别枝。
寸寸青丝雨,入梦落痴痴。

注释:终于下雨了,久旱逢甘霖,2022 年 8 月 27 日戌时记。照片为龙集镇的龙池,听老人说,天上的龙飞累了会在这里歇息,故有"龙集"一说,这里的龙池就是龙歇息地之一。来到龙集,要来这里看看。

河口遇见俩女孩记

何必晚来牵明月,朝阳莺语伴晨云。
且著此间三千画,一点青禾一点晴。

注释:2022 年 9 月份在村里走访时遇见两个小女孩,开朗的笑声和无忧无虑的神情构成了一幅美好画卷。因为外出务工或是定居市县,村里的年轻人已经不多了,在这些为数不多的年轻人里,女性和儿童又占了大多数,而他们却是最需要优质资源保护的群体。我相信,随着乡村振兴的不断深入,她们会得到越来越好的照顾。

壬寅白露记

早喜入白露,风采育萋芊。
秋叶含羞起,曜木扶青天。
霜绿素素舞,台堂熠熠坚。
丹书赐今在,白马看新篇。

注释:2022年9月,各路书记汇聚在善港农村干部学院培训,交流驻村经验,有来有回,精彩纷呈!三天的时间很快就过去了,分别的时候大家都依依不舍。这次培训我有三个感触:一是大家经过大半年的驻村,各个踌躇满志,信心百倍。二是可以说,每个驻村书记在驻村期间都做了不少工作,责任心天可怜见,没有抱怨苦的。三是大家来自全省各村,都积极在交流心得和经验,大家坦诚相待,相互针砭,恐怕此生再难遇到这样的氛围了!

月下偶得

孤岛有星愿,玉盘照星稀。
多情几时有,笑待月下嬉。

注释: 村里的集中居住区多年来一直没有路灯,每当夜晚临近的时候,大家就早早归家,也没人在室外活动。村里不少人和我反映,希望能帮他们建几盏路灯,方便大伙儿晚间活动。我默默记在心里,和单位汇报之后,机关党委领导也认为很有意义,我便开始着手这项任务了。照片为2022年9月9日晚上在村里走访的时候所拍,真是黑咕隆咚的呀!

壬寅中秋感怀

天有阴晴与圆缺,何必今日寄明月。
世人所托月无感,笑把多情照人间。
莫问明月几时有,悲欢离合总会全。
不求乘风登宫阙,只愿平生好入眠。

注释: 女儿总是期待着这一天的到来,因为在中秋这一天可以吃到各式口味的月饼,还可以和大人一起去室外赏月。对她来说,中秋节就是一个快乐团聚的日子。然而,在乡村,由于各种原因,很多人不能在中秋这一天团聚,这是一个令人感到遗憾的现象。乡村地区的经济相对较为落后,很多人生活水平较低,外出务工,收入有限,有的无法承担得起不断往返的交通费用,有的因为工作需要而无法请假,使得他们无法在中秋这一天与家人团聚,只能默默祈福,表达思念之情。尽管很多人不能在中秋这一天团聚,但他们依然保持着对家人的深深牵挂和祝福,他们通过电话、短信、视频通话等方式与家人联系,表达对家人的关心和祝福,虽然不能和家人在一起,但他们的心是紧紧相连的,共同感受着中秋的温馨和节日的喜悦。

秋雨记

秋雨不怜路人冷，余晖不醒落英梦。
梧桐何需添凄景，一抹惆怅一抹风。

注释：乡村的梧桐，如画般宁静而落寞，秋凉的景象令人怜悯，反而让人感受到一种独特的凄美。在这个宁静的乡村里，秋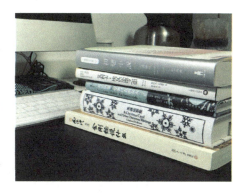天的色彩落寞凄凉，却也如诗如画，散发着一种独特的美。它让人深思，沉浸在大自然的怀抱中，体会生命的孤独与安宁。在这个瞬间，所有的愁丝都被提炼到眼前，剩下心灵的自省，却也饱含对生活的热爱。2022年9月12日记，照片为当时看的闲书。

有感于冬去春来

渔歌只应湖上有,
半是归家半是村。
还忆当时纷纷雪,
日就月将又一春。

注释：又来到镇上的蟹塘，蒙蒙细雨，时间飞逝。还记得第一次来蟹塘时大雪纷飞，雪落无声，万籁俱寂，今年还会那样吗？2022 年 10 月记。

记夜晚降温降雨

落雨不解风情，流水细如丝愁。
何堪飞花逐晚，一洗昭华清秋。

注释：2022年10月6日伴随着突然而至的降雨，气温也随之下降了。看着窗外被雨水冲刷干净的街道，顿时有一种沐浴重生的感觉。"夜来风雨声，花落知多少"，说实话，我真不知道呢。照片为河口社区的码头一角。

壬寅寒露记

未到寒时忆未寒，露而凝结枝已搀。
风开也过时清醒，勿忘防寒把衣穿。

注释：湖风轻拂着岸边，寒露悄然而至。这是秋天第五个节气，意味着天气将由凉爽转为寒冷，湖水也会变得更加冰凉。我走在湖边的小路上，感受到了寒露带来的清新，湖水拍拂着岸头，仿佛急不可待这季节的更迭。"寒露惊秋晚，朝看菊渐黄"，哪儿能看到菊花呢？我的眼里全是不惧风霜的儿女，静静地绽放在秋日的暖阳下……

月下梦别

月明清清照莲渚,悄悄凉夜点甘露。
谁道秋思无限好,中有幽幽怅一处。
喜来嗔去嗔亦还,嗔来喜去喜亦在。
人间处处好时节,哪有空空弥勒肚。

注释:村里一切都好,但是在家里却面临了点麻烦事……(此处省去50字)!我想,这也许就是挂职锻炼时最怕遇到的问题吧,工作在外,家里的事只能帮着出主意,和家里人一起解决好。人间处处好时节,哪有空空弥勒肚呢!写于2022年10月10日夜。

晨起记

微醺清尘收露,
梦里辗转几蹙。
安禅清心声淡,
菩提明镜尘埃。

注释：禅意，源自东方的禅宗哲学，它强调的是内心的平静、清净和慧智，对自然和生活充满着深刻洞察。在禅的哲学里，生活是一种艺术，一种修行，让我们不急不躁，不慌不忙，像露水一样自然，像清尘一样随静……这是心灵的对话和自我的探索。禅会说：很多时候需要自己去悟，去体察。话不言尽，意味无穷，只有心如明镜才能心知肚明呀！夜读南怀瑾《禅海蠡测》有感。照片为成子湖畔，河口社区一景。

黄昏偶得

我非此地惆怅客,欲语天凉语却休。
点点滴滴黄昏曲,轻唱西雨一度秋。

注释:秋天来了,秋风吹起,黄昏时分不禁让人落寞,村民找我反映问题,那么久的事情如何才能解决好呢?有人说是,有人说不是,最后还是要三方碰个头,现场办公才能解决好。不以物喜,不以己悲,伤秋"华丽丽"的,也不能影响工作,哼首歌度过这段时光吧。2022年10月22日。

夜游成子湖

举头明月映悄然,月明成子湖在天。
尺素鱼传光不度,鱼跃潜龙水在仙。

注释:傍晚和同事来到成子湖边,月色旖旎,烟雨缭绕,如人间仙境!我放空了思绪,任由它们随风飘扬,生活中的烦恼和压力在这一刻仿佛都烟消云散了,望着夕阳与水波交织成的美景,心中不禁感叹着:这样的水乡,该有多少宝藏在里面呀!照片由王中华拍摄。

落雨偶得

日落雨前闲云后，风花行春犹未迟。
何必物悲也物喜，明媚总有共度时。

注释：图片为新建好的新风广场，占地一万多平方米，篮球场、健身广场、儿童乐园、健康步道、果林等应有尽有，如今也是我们龙集镇新时代文明实践点。照片是某天下午来村里半道所拍，人都去哪儿了呢？

龙集接颔联赞

千古龙飞地，万里集贤处。
共力谋发展，瞩目画功图。

注释： "千古龙飞地，万里集贤处"是今天我写文章的时候，看到的一句对龙集的盛赞，问了几个同事，皆不知后两句，在网上查找，亦无所获。我知僭逾，还是忍不住窃附己意，补其文略，试成这首诗。照片是龙集镇湖边的俯景，由张连华拍摄。

肃秋记

冥冥薄暮罩肃秋,几度轻烟向东流。
夕阳有情却无语,不胜人间几家愁。

注释:在村里走访过程中,得知有些家庭有这样那样的问题,心情颇为复杂。个人的能力有限,想为每个人谋福利,就需要上下协调,整合资源。虽不能至,心向往之,希望自己能为大家多做点事吧!照片拍摄于2022年11月2日傍晚。

秋日偶得

君邀同游闲暇处,身将举身陷书中。
不知何时共笙箸,此情可待向西风。

注释:泗洪的朋友邀请我周末一起去穆墩岛观水,正好有事走不开,于是写了这首诗不辜负他的好意。穆墩岛位于泗洪县半城镇境内,是洪泽湖中的岛屿,素有"宝岛""明珠"的美誉。听朋友介绍,岛上"云杨烟柳,堤岸泊舟"是一个集自然风光、历史文化、生态旅游、美食体验于一体的生态风景区。2022 年 11 月 6 日记,照片所拍地图显示为泗洪县政区图一角,其中的小岛就是穆墩岛。

立冬日作

依窗立冬伴小书,无风无雨到日暮。
坐等城外一尺雪,丰年留客把岁除。

注释: 立冬这一日期待下雪,就如同今年年初一样,但是看情况似乎不大可能了。专家说,今年夏季高温,冬季就会很冷,可信吗,还记得去年预告说年前有暴雪,可到了时间却晴空万里……拭目以待吧……2022年11月7日,拍摄于成子湖畔。

记思念的人呐

落花枝独立,秋水共长情。
日阶雁飞齐,只影向谁去?
千里寻他处,君卿应有语。
不知绊我心,笑拈相思子。

注释:双十一这一天我又来到了成子湖畔,虽然是形影相吊,但和家人视频了,心情不错哦!吹吹湖风,整理思绪,并祝福天下有情人终成眷属,即便单身,也要心有归属哦!话说,镇政府的年轻人很多,选调的、考公的,单身的也有,更多的是异地。照片为龙集一景,2022年11月11日拍摄于成子湖畔。

日暮雨作

前檐小雨糯如蘸,如寂如寞又如寒。
心尘日暮浸几许,寥寥几页岂入禅。

注释:2022 年 11 月 12 日傍晚,微雨吹来,点点滴滴,手头的工作还没完成,心却飘到了室外,每个人都有各自的生活轨迹,每个人的心神也都有各自的映照,最终能够安抚自己的只有自己。今天有点心神不定呀!照片拍摄于河口社区。

吾心论

因缘生法皆如露,清净明彻望眼诸。
谁言世间梦太久,安得吾心归何处。

注释:2022年11月16日夜,和朋友在宿舍畅聊,聊到人生经历,如大梦一场,友人不禁面露悲观,我说如果是大梦一场的话,我们的心还是要有个着落的,唯心地看,有时候,心在哪里,人就在那里。照片拍摄于龙集镇去河口社区的路边。

壬寅小雪

小雪不见雪,阴雨欲绵绵。
风光无二致,冷暖各深浅。

注释:2022年小雪节气这一天,来到村里的码头边,同行的人有的说冷,有的说不冷。真乃:冷暖自知,悲喜自渡,万般滋味,皆是生活。这不是对外在世界的冷漠,而是对内心世界的深刻理解。

淞雨记

阴天灯一盏,探窗湿衣冠。

凄稀路人影,一雨一淞寒。

注释:十一月末的雨,又冷又稀,打湿了衣服都没处烘开,人们都在家里,等着一阵一阵的雨带来的降温,看着窗外偶尔出现的人影划过,真是越发令人惆怅啊!后期在整理文稿的过程中,竟然发现当时没有拍照留图,可见惆怅到了何许程度了!此处的照片是河口社区的一景,虽然貌似寻常,但我相信,这样的白屋红瓦老树村道,会勾起不少人的思乡情结吧!

冬日小阳

小村暖阳轻烟起,待听云花落禅音。
不辞桌前长久坐,只道寻常尘外心。

注释:这几天的升温令人心仪,仿佛春天提前到了一般,暖意融融。村民邀请我出去走走,电动三轮车都开到了楼下,我自己也觉得是该放下书本出门看看,去感受这分难得的温暖。暖冬的田野,是能够让人找到内心的宁静的。2022 年 12 月 6 日拍摄于河口社区的田野。

大雪不见雪反而暖阳记

枝丫岂料暖冬黄,忽凉忽暖惹心慌。
无情总被多情扰,哪有大雪必茫茫。

注释: 大雪节气不见雪,各有各的说法,有的说好,有的说未必,我就琢磨着这衣服怎么穿呢,疫情严峻的时候,可别忽冷忽热的受凉啊!照片拍摄于12月份的河口社区,这样的老屋子早已人去屋空,外墙面却一点都没有损坏。

更加注意自我防护记

身瘦焦心频睡浅,举头望月地自偏。
莫道熬冬频相劝,何需多炙为随年。

注释:村里有人和我说,病毒在冬天会失去活性,传染力降低。我提醒他,冬天还需要注意保护,病毒不会因为气候变冷而失去传播力。说完之后,久久难以入眠,想到村子,想到家人和自己,希望来年都好起来,也相信一定会好起来的。2022年12月12日夜记于书房。

案头偈

阿弥陀佛口中求,接起放下是自修。
无所从来无所去,安得无喜亦无忧。

注释:和村医电话沟通了村里的情况,如今有些人戴口罩还需要别人提醒。我对他们说,不管你信奉什么,在病毒面前,能保护自己的人只有自己,个人防护做好了,就是对自己和对他人的负责!我写了这首诗,发给村里的朋友,作为提醒。2022年12月16日下午记。

安禅制毒龙

安禅制毒龙,亦可治毒株?
外径无人渡,寒流冷青松。

注释:"安禅制毒龙"是王维《过香积寺》这首诗的最后一句,说的是在西方的一个水潭中,有一条经常害人的毒龙,佛门高僧用佛法制服了它。当然在诗中,王维用此比喻俗人的邪念妄想,但是从字面来看,我自然想到了当下的疫情。放开了,路上人烟稀少,只有青松在风里拂动。希望一切都好起来!2022 年 12 月 17 日傍晚记于龙集。

为预防而作

灶在体中莫浪求,阴阳但在人身中。
个个皆是和合体,只向未发中节修。

注释:写给村民朋友的诗。提醒他们一定要注意好自身的防范,如果出现病症,第一时间向卫生室上报。2022年12月21日记于书房,照片为当时看的闲书。

君道长,冬至记

天时人事自求福,君道长难终有路。
阴满却是身安好,何惧你一阳来复。

注释:"一阳来复"是中国古代哲学中的一个概念,源自《周易》中的"复"卦,代表着阳气的恢复和生机的焕发。这一阳的复苏象征着在寒冷的环境中,阳气开始复苏,万物开始生长,在困难和不利的情况下,出现了希望和转机。冬至这天一阳来复,是一个新的开始。巧的是,现在都怕自己"阳"。想想也觉得挺有意思。这个阳,可不是冬至的一阳来复哦。2022年12月22日记,照片为河口社区一景。

岸头一偈

何须举头问苍天,也妄把书翻千遍。
一年三百六十五,案头只在眼跟前。

注释:想太多也无用,把自己身体照顾好,才能照顾好别人。这一天,身体开始出现不舒服的症状。2022年12月26日记,照片为当时读的闲书。

2022 腊八记

谁人轻啜一口粥,何人黯黯忧愁面。
沉疴莫敢忘新年,尤其腊八在今夜。

注释: 桌上的燕麦粥散发着淡淡的香气,但我却提不起品尝的兴趣。身体的每处都诉说着不适,连带着思绪也变得混沌。时间仿佛凝固了一般,身体也像套上一层难以穿透的屏障。我发现身体虽然不适,但人们的心灵却更加坚韧起来!在不久的将来,再次拥抱健康的时候,会以更加感恩的心态,去迎接每一天的到来!

二零二二记

一年苦乐心有恭,眼开眼合惚如梦。
本在半途踏寻路,惊出白发秃上头。
鸟鸣鱼跃青萝地,那里牵挂怎能休。
来年接刃斩断口,清风明月水自流。

注释:踏入这里伊始,忐忑的心情就被村民的热情和淳朴所安抚,随着时间的推移,从逐渐融入到学会倾听、学会欣赏,心灵的每次碰撞,都是一次洗礼。在2022年最后一天写下总结和期待,希望来年能继续完成自己的任务,给村民一个满意的交代!照片为龙集镇田集村一景。

2023 元旦送药记

新年元朔日,妻携小女来。
车行两时辰,半路已感慨。
遥至村中矣,忽然起心伤。
但闻无声响,不见友朋来。
寒风冰刺骨,村落寥寥徊。
枯树荒无路,只有风鸣哀。
偶遇一村妇,知其缘故才:
众人皆居家,闭客躲病霾。
十家有九户,卧床起身衰。
少药有他法,挂水祛病灾。
我携药物来,急取转分派。
亦有同事托,嘱我送药来。
村民知此状,络绎探门开。
见我妻儿至,还怕有怠慢。
这家留吃水,另家来携伴。
妻儿来看我,岂能扰民烦。
伴我同车载,接我回家待。

此去回金陵，心中多期待。
老吾人之老，幼吾人之幼。
但愿共长久，一切回常态。

注释：元旦这一天，妻子和女儿一起来村里看我，带来一些药物和口罩，其中有一些是单位同事匀出来给我带过来的。来的时候发现大家基本已经经过了第一轮的感染，都在家里不出门了。我便直接挨家挨户地分发。女儿跟了我一会儿，还是忍不住要妈妈陪着她去新建好的广场玩。一切如所料，大家都顺利地挺过来了！

壬寅小寒作

冬枝小花开，康健安可怀。
莫不言此诗，不知小寒来。

注释：今天问了一下村里的感染情况，人们基本开始逐渐康复了，胜利指日可待！小寒，还有什么可怕呢？2023年1月5日记，照片拍摄于河口社区一角，曲径通幽的一条村路，两边可都是蟹塘。第一次来这里的时候发现蟹塘附近都没有人，好奇心驱使我走近观望，却没想到不知道从哪儿突然窜出来两条狗，对着我汪汪叫，看我似乎并无恶意，便也罢了。不过这次经历之后我便谨慎起来，虽然买了保险，一个人走访还是小心为上。

小年记

岁晏今日到小年,风拍窗棂雨绵绵。
扫尘清濯案前过,和光满目自成全。

注释:小年这一天要打扫卫生哦!我和村里的朋友通了电话,是不是苏北也有这样的风俗,他们和我说:"管不管小年,都要打扫卫生啊!"哈哈!是我教条了。

过大寒

新春来前到大寒，已有小花处处开。
且待春雪红花漫，窗开紫气面东来。

注释： 今天去了一趟村里，已经能陆陆续续看到出来散心的人影了，虽然大部分的人还是在家里养身体，但是经过这一轮的抵御，大家都平安过关。在回来的路上，接到一个村民朋友的电话，家人全都康复了。放心吧，一切都会好起来的！2023年1月20日记，照片为河口村冬日一景。

栖霞游记

山径深几许,问花花不语。
我非寺中人,何思又何虑。
前着仍可探,若往亦若还。
人山似人海,青山远尘外。

注释:2023年1月26日这一天,全家去栖霞山游玩,路过人山人海的栖霞寺,心情跟随着人山人海也喧闹起来。很久没有见到这么多人了,一切都没有变,一切都好起来了,心情愉悦!

二月立春记

立春尤见春，风清走疾瘟。
最是一年起，躬心一点尘。

注释："都康复了，好啦好啦！"在通往河口社区的路上，遇到一个放羊人，我走过去和他搭讪，没想到他就是河口人，只不过不住在河口小区里。他恢复得不错，但是有基础病，孩子在外地上学，家里养了这些羊补贴家用。2023年2月4日记。照片拍摄于龙集镇。

哪有颜如玉

寒窗时光廿有余,年过而立才婚娶。
苦读难念红尘里,哪有书中颜如玉?

　　注释: 今天和乡镇一个同事聊天,见他苦学考研,心中感慨,他问我读书累么,我说累啊,读书就是苦差事,但要学会在苦中作乐,"不过,我和你嫂子刚认识的时候,她可不知道我读了多少书呢。"我说,"书中哪有什么颜如玉呢。"2023年2月12日记。

夜半睡不着作

落红抚我心,夜半难为情。
此处有思念,何堪到天明。

注释:蟹塘池的夜,宁静而祥和。没有了白日里的喧嚣,只有微风轻拂,带来丝丝凉意。闭上眼睛,感受空气中的泥土芬芳,让我想起家乡夏夜里的疏静与虫鸣……天上星星点点,是在聆听,还是在诉说?日常想家系列之。2023年2月16日夜记。照片为河口社区的蟹塘。

癸卯惊蛰记

青瓦白头土房低,三月轻风拂春泥。
未见隐雷高阳里,只闻雀鸣为情啼。

注释: 惊蛰这一天没有听到惊雷,也不知道小虫子有没有从土里钻出来,只听到枝头的鸟叫,也甚为热闹。2023年3月6日记。老杨和我说这时的蒲公英晒干了泡水喝对身体有很多好处。照片为在村道上拍摄的蒲公英。

君子到

风来君子到,临水观大宽。
莫愁不知己,沧海落龙川。

注释: 这一天单位的同事来村里慰问。看了广场、路灯、建好的卫生室,还在洪泽湖边一起观水。太开心了!古人言,君子见水必观,如今大家临水而观,岂不美哉!在这边见到久违的同事,忽然有种跨次元的感觉,心里真是开心啊!2023年3月8日记。

三月花

平野青风昭万家,牛犊鸡逐土中芽。
万丛争绿春意浅,心在枝头三月花。

注释: 春天来了!宿舍楼下的紫荆花已经开啦。我原本不知道这是紫荆,幸好有同事提醒我,我一直以为就是小红花呢。2023年3月11日上午记。

唤枯荷

风娇日暖唤枯荷,花期不改三两棵。
谁言春光无限好,不解风情奈若何。

注释:我问:春天来了,荷花怎么还不开?她说:它是夏天开呀!我恍然大悟,羞红了脸,愤愤难平之间也怪荷花负了春光!2023年3月13日记。

记大风

日打春光不胜寒,地卷丈高百花哀。
风郎无情何至此,恨把云烟作雾霾。

注释:2023年3月15日镇上突然刮起了大风,虽不是突然而至,但前奏也异常短促,从扬沙到走石仿佛一瞬之间。我正巧骑自行车在回镇的路上,眼看大风吹得睁不开眼睛了,便停车暂避到路边的小店里。老板和我闲聊,说龙集镇虽然地势平坦,且三面临湖,但这样的大风却不常见。接下来便夸起了这阵大风的好。老板说:"这样的大风能把那些细菌病毒统统刮走!是好风!"我觉得挺有意思,好雨知时节,好风难道不知吗,便也无怨这大风了。照片为河口社区的小菜园。

记春樱

骄阳芳菲三月浓,美人抱香百花中。
但愿春樱恋春雨,莫让春光付东流。

注释:2023 年 3 月 16 日南京鸡鸣寺的樱花开了,听说观花人山人海、摩肩接踵,场面甚为壮观。可是天气预报说今晚就会有雨哦,想想,才开的樱花就要被春雨打落,那该如何是好呀!照片由戚润欣拍摄于南京鸡鸣寺旁。

夜赏春樱有感

月有星汉塔有天,地隔千里人有缘。
莫念春思花下酒,今宵欢乐即神仙。

注释:记得是在 2023 年 3 月 18 日这一天,听朋友们说南京的樱花都开了。在朋友圈看到照片,隔着手机屏幕都能感觉到人气旺盛,美不胜收,虽不在现场,但是依然被陶醉,征得同意之后,便根据照片中的美景做了这首诗。看着朋友的分享,仿佛我也置身其中呢!我遥相呼应,心旷神怡,便写诗记之。照片由孙艳拍摄提供。

癸卯春分时

草长莺飞花满枝,小燕驻来旧相识。
不恋春色分两半,且归当下正盛时。

注释:2023 年 3 月 21 日是二十四节气的春分,在这一天记下时节,以期盼农民有个好收成。照片拍摄的是河口社区新建好的新风广场的入口处,虽然造型简朴,但郁郁葱葱,小花点缀,也颇有"小确幸"的美好。

春茶可思

春心何可弃,春思何可惜。
添来碧螺春,何可负春意。

注释: 同事担心我无茶可喝,便从南京给我寄了碧螺春。在家、宿舍或是办公室,书和茶始终都是绝配!饮得此盅好茶,文章都能多写三行!唇齿留香,气爽无比!我把茶也分给了乡镇上的同事一些,和他们一起共勉。作此诗记之。

三月最后日洪泽岸边吟

四月春来明召近,忽觉老酒梦难清。
终有一别他人醉,此生难再此岸行。

注释:2023年3月底,和杨校长一同去隔壁一个村走坊,村在成子湖和洪泽湖的交汇处,我们登上岸堤极目远眺,湖岸边轻浪拍岸,也有一些死去的鱼漂浮在岸边。夕阳西下,踱步在湖堤,杨校长说:"这次你来这边,下次就不知道何时再来了。"听他此言,更觉一阵寂寥。照片拍摄于尚嘴岸边。

棠梨花

春风欺我不识它,误把棠梨当槐芽。
百花辨得岂容易?哪敢无事撩春花。

注释: 看了网上的一些新闻热点,深感在如今的社会洁身自好、慎独自律的重要性。正好错把棠梨当成了槐芽,让人笑话了,便结合感受写了这首诗。顺便说一句,在泗洪,人们可把杜梨叫做"棠梨"哦。照片由丹妮拍摄。

晚风吹人相思记

落枝云裳出长空,月明赶早驱远虹。
晚风拂得人长醉,总把相思寄巢中。

注释:镇政府里有一株大树,每当黄昏时分,上面就会落满归来的鸟群,叽叽喳喳叫个不停。夕阳西下,微风徐徐,看到鸟儿归巢,让我想到在家的父母和妻女,故作此诗以表思念。2023年4月2日傍晚作于龙集。

癸卯清明记

四月清明起疏凉,暮春来寒惹惜伤。
谁添坟头一抔土,新烟了了诉苍苍。

注释:又到了一年一度的清明时节,慎终追远,民德归厚矣。去年的我也是站在这里,遥望这方的乡土。

应山游记

应山自有功名成,但见英雄但见仁。
见贤思齐今尤是,何惧百年在一身。

注释:在历史长河里,有许多英雄和贤人以其崇高的精神和伟大的事迹深深地打动着世人。他们的精神不仅仅是一段时代的象征,更是一种激励人们砥砺奋进的动力。在这些英雄和贤人中,革命英雄和古代忠贤的事迹尤为令人敬佩。周末在朋友的陪同下,有幸瞻仰了应山烈士陵园和金纯古墓,很有感慨。

楼下樱花盛开记

煦风招展花满枝,春风不度暖阳迟。
何需绿叶来争宠,总有美色得自持。

注释: 宿舍楼下樱花盛开了,路过的时候,竟然发现无绿叶相伴。俗话说:"红花总有绿叶配",可开到烂漫,单有红色也是极好看的。美到极处,自然无需陪衬。

相约春风里

晴语飞花翠鸟啼,小村拂香暖阳依。
四月江宁百花里,更吹春风无限意。

注释:驻村以来,两地分居多半,妻与我各自忙着工作。我虽驻村,但和妻互相理解、相互帮助,得到了妻单位领导的赞许。4月8日周末这天,受邀参加了妻科室的家属聚会,妻带上女儿和我,满身欢喜,春光满目,作此诗留恋。

海棠春尝鲜

朝辞晚归辗转间,卧榻窗前小猫眠。
遥迢长道莫痴笑,何能阻我赴春闲。
两地离愁一樽酒,海棠满春夏意连。
若是今朝罗汉笑,想必也在同尝鲜。

注释: 放假的时候要品尝美食,那必然是蟹黄汤包,蟹肉上席百味淡,不如一两蟹黄金。提到蟹黄就不得不提洪泽湖的霸王蟹,"背青、肚白、爪金、螯强"个大肥硕,蟹脚坚强,蟹黄更是丰腴滑润,唇舌丰香!锁住这个记忆!尝鲜不忘洪泽蟹。

夜望尘外记

何物叩我心，花开入夜静。
不见尘外远，月影散冷清。

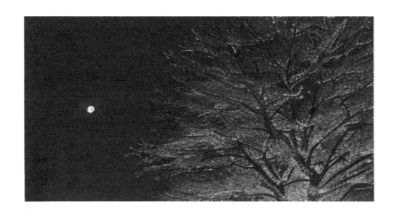

注释：人最怕就是睡不着觉，尤其是夜半醒来，辗转反侧，心头的事情一齐堵在胸口，一件件地过账，不给赊、催着还，良心一阵阵地打鼓，证据一件件地提交，逼着人不合时宜的清醒，很多事情突然就看清了，清到骨子里透亮，越想睡觉，就越清醒，比白天任何时候都清醒，这个时候可就是最难熬的了。2023年4月17日的深夜睡不着觉之无病呻吟而已。

癸卯年谷雨有道

雨生百谷而后香,但见青天福光扬。
深耕厚植始为稻,一觉梦醒日方长。

  注释:谷雨时节,村里没有开始种稻,我写出来后被人诟病。时节作息稍有变化,而且有南北之别。但是虽然谷雨没有种稻,但是天地的大道是没有变的。照片拍摄于龙集。

三更偶得

何曾听聆和九歌，何来解忧拜弥勒。
此处无声三更月，黯愁文章照天河。

注释：2023年4月22日晚上因为一篇文章焦虑不已，删掉案例让我不舍，不删字数又远远超标。4 000字的要求，我写了8 000余字。要删一半，删或不删，如捏肉自割，哪里笑得出来呢……

初 夏

四月开晴小出阳,绿深黄浅花满乡。
蜂蝶不知寻堤去,总把荷香作春芳。

注释:初夏的感觉到了,村里每每都能闻到莫名的芳香。我和村民朋友说了这种感觉,他们笑话我闻的怕不是牛粪和泥土味吧,我仔细琢磨一下,似乎也是。但是大自然的气味总是极好的,只有污染了的事物,才会让人不悦吧!写于2023年4月27日下午。

念　君

春去人归几相逢，踏尽城关过河丘。
相思与共三千水，惟念汝君一笑留。

注释：转眼到了 4 月 28 日，2023 年的五一到了，我想回家带着女儿一起玩，带她去外地看看。三年的疫情终于过去了，一想到可以带着她毫无顾虑地走出去看看，心情就无比愉悦！我和同事说我要去安徽滁州的琅琊山，没想到同事也要全家奔赴，哈哈，多好啊！当初有多思念，如今就有多快乐！

桐城小花赞

煮水泡新芽,清新韵自发。
本在谪仙地,固有气自华。
翠芫啄白毫,拂水亲瓷挂。
何惧南风浅,心属小花浃。

注释: 爸爸送了我一盒茶叶让我带回村里喝。出产自安徽桐城的小花茶,说是小花却是绿茶,泡起来清爽回甘,好不自在!想到桐城的文化历史和名人,觉得茶叶中都有书香气呢!有了这茶叶,与古人共香,还惧什么酷暑哦!

醉翁亭游记

自诩今朝作半农，不齿枯荣念醉翁。
宽简不扰民同乐，亦是古今可相通。
谁笑山水人自化，无为有成画恢弘。
小亭自有众人在，以启山林道一同。

注释：五一假期，和家人一起去了安徽滁州的醉翁亭，人山人海，抱着女儿在人群里留了影，这不是我第一次来醉翁亭，但却是第一次带家人来，想着千年前，欧阳修等大贤在此地与民同乐、与天地同乐，免不了联想到自己的处境：村里一定会越来越好，因为我不是一个人在战斗。2023年4月30日记。

立夏无事

今日春意逝,夏日由此始。
凉爽一整日,无事好作诗。

注释: 在凉爽无事的午后,脱口而出的一首诗。记得张绍振老师在书中曾说,自古以来,写夏天的诗就很少,因为都喜欢写春的新生、写秋的肃穆、写冬的白雪,可我还是尤其喜欢这凉爽的夏日午后,"若无闲事挂心头,便是人间好时节",这种感觉多么舒爽。图为河口社区的路口,从这个路口往北,就是我们河口社区了。

老门东游记

莺语花展夏意浓,观影流连人海中。
杨花不落深闺处,随人逐风向城东。

注释:五一在家的时候,和家人一起去了南京的老门东,没想到还是那么多的人,地上的柳絮杨花似乎都跟着人跑,我想,全南京的杨花是不是都被伴游到老门东来了呀。看到这些古色古香的建筑我就想到了龙集镇上的三和古街,如果能复工那该是多么好的事呀!不仅能增添龙集的特色,带动龙集的经济发展,对提高就业率、获得外商投资都是利民利镇的好事!我和妻说到了这件事,妻说我现在说什么都能说到龙集。

拔河记

怒汉十一人，握绳把名战。
求稳又求胜，只证我亦能。
古有施钩戏，今有敌抗衡。
不为私利取，只求争必胜。

注释：2023年5月14日，又到了一年一度泗洪运动会的时候了，大家鼓足干劲，为龙集争光喝彩。照片为龙集拔河代表队全体队员合影，包括我在内，都是龙集年富力强的村支书哦，名副其实的支书队。虽然最后与冠军失之交臂，但事实证明并将不断证明，我们是最团结的！当日记。

小满记

轻风细拈小花开,半醒半梦半悠然,
我自案头听争绽,福田小满亦开怀。

注释:谦受益,满招损,人生大满却要留神了,还是小满滋润。我看了微信的朋友圈,好几位朋友都在今日写了赞颂小满的诗。欲望不要太高,欲求不要不满,人生安乐,小满即安。所以这也许是节气中没有"大满"的原因吧!

鱼鱼鱼

鱼鱼鱼,
小儿捏土泥。
飞天化羽翅,
入海展飞鳍。

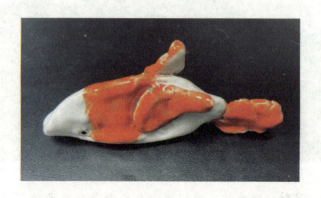

注释:5月25日这一天,幼儿园的桃子老师在微信里发来一张女儿手工制作的陶瓷小鱼的照片,老师指导得好,小瓷鱼很传神。看着小鱼噘起来的小嘴和高举的翅膀,我便模仿她最喜欢的一首《鹅鹅鹅》写了此诗。话说,鱼蟹和小龙虾可是河口的特色也是龙集的特色,洪泽湖成子湖的鱼都多得不得了啦!

秸秆禁烧记

依湖田边一小屋,烈日底下打南风。
秸秆抛掷无处卖,还得紧盯黄土中。

注释:5月份,又到了收麦和秸秆禁烧的时候了。在路边看到这个小黑屋子,村民朋友和我说,这是他们秸秆禁烧值班的地方。多么有特色的小屋子,我立刻想到了冰激凌车——在撑开窗户的台面下,挤着满是期待冰激凌的儿童——这哪里是秸秆禁烧的值班室,这是了不起的冰激凌售卖处啊!

秸秆记

来时黄金去是秆,根在泥中身却难。
原本一作归故土,如今却怕火一团。

注释:又到了秸秆禁烧的时候了,村里组织了人力物力来保证秸秆禁烧。其实大家都知道,秸秆是宝,秸秆综合利用于农才是首要。江苏早在2009年就通过了《江苏省人民代表大会常务委员会关于促进农作物秸秆综合利用的决定》。加大秸秆的收集,或用于还田,或用于做动物饲料,或深挖深埋用之于农,如何提高秸秆综合利用效率,如何探索多样化秸秆利用模式,还有很长的路要走。

田间即景

轻雨点穗芒,小犬约路边。
南风过深浅,老树守麦田。
出阳拂湿叶,草逢雨露闲。
花飞鸣雀在,何事扰田间。

注释:下午走访时候,遇见的乡村风光。看样子今年又是一个丰收年,恰好遇到了正在巡查的村主任,我问他今年亩产量有多少,村部的刘主任说:"我们今年亩产 1 100 多斤,就我家的地都 1 150 斤往上呢!"说的时候,满脸的自豪。

刈麦歌

南风何久长，拂开陇四方。
抢晴刈穗麦，透裳收云黄。
幸有天公赐，青天雨有滂。
丰年之所以，勤苦寄民仓。

注释：受到气候影响，2023 年 6 月 2 日当晚，村里的小麦就开始抢收了！后面几天就要下雨啦，赶紧收吧！收割机一排排地收，麦子如瀑布一般倾洒下来，原本安安静静的夜晚，在人声喧哗和机器的轰鸣声中衬托得分外热闹。我突然发现，也不知道从何时开始，悄悄的虫鸣，变成了蛙声一片。听老人说，只有青蛙才会呱呱地叫，蟾蜍是不会叫的哦！

问 荷

水碧青浅绣罗衣,窈窕初得总相宜。
为何身在泥塘里,叶却如腻泛香肌?

注释:荷叶终于出来了,荷叶上沾不到水滴,滑溜溜的,为什么从淤泥里能长出这好的质地呢……村里的朋友跟我说:"因为水里的淤泥肥呀!"

芒种记

月下一人身,草虫不见闻。
夜凉打风纱,朝阳但见升。
点点黄梅雨,寂打土中根。
芒种今日是,不愁来年春。

注释: 虽是夏日,但降温依旧明显,连屋外草里的虫子都不叫了。早上起来,发现又开始下雨了,走到田间发现有的地方已经开始播种了,芒种这一天播下种子,何愁来年不丰收呢?在 2023 年 6 月 6 日这一天记下这样的场景,也勉励自己不要误了好时光。

夏日夜怀

隔窗听草虫,挂月伴疏梦。
身在凡尘里,何需过清风。

注释:夜半时分,隔着窗户听着外面的虫鸣,丝毫没有睡意,虽是夏日,但一点不觉得热,思来想去,感慨自己身在凡尘,还需要什么风呢……照片为河口广场的夜景。

夜间偶得

灯草虫鸣共谱弦,徐风微凉抚翩翩。
册卷清茶孰与美,相惜俩俩共入眠。

注释:夏日夜晚,没有烟火,没有喧嚣,一盏台灯便可照亮一方小小的天地。书如茶,散发着香气,是令人心旷神怡的味道。每本书,都像是一扇窗,让我们去亲临不同的世界;每杯茶,又都像是智者的沉思,让我们自己去体会着人生的起伏与回甘。夏日的夜晚,轻风微拂,带着不易察觉的凉意,让人心思怡静。记于2023年6月8日夜。

书房小记

谁言夏日长,树影画厅堂。
不知夕阳起,怅恋书上香。

注释:在炎热的夏日里,书房是绝佳的避暑胜地。白天的时候,烈炎如同金色的绸缎,铺满在书房的每个角落,空气中弥漫着热浪,但书房里却保持着额外的宁静和清爽。书架上的每本书都是等待着探索的世界,当你翻开时便会奏响美好的乐章。不知不觉,太阳西沉,勇敢的探险家回归故里,这里依旧是花香和静谧……

一阵雷雨

谁立云端开龙头,雷电齐发势不休。
直待污絮除方尽,一枕银河梦不留。

注释:中午30多度,热气腾腾,晚上6点左右突降大雨,乌云密布,天昏地暗,雷雨交加,一阵袭来!周末回了南京,听说龙集还下了冰雹!6月下冰雹,也是不多见的,预警升级,态势严峻,万幸麦子都已经收割了,希望一切都平安。2023年6月10日记,照片为河口社区的小树林。

吃 茶

吃茶何需顿顿悟，揭盖解馋只一图。
不恋清味如禅骨，吾独恋之香如肤。

注释：记得在村里的时候，有同事送我一盒茶叶，我便和他聊起了茶文化，说了许久，发觉他早已哈欠连天。一杯茶就是一杯茶，泡时容易吃也不繁，何必加那么多注解，参禅悟道本在心，何关手中一杯茶呢。茶本清爽，人不能油腻啊！

日暮田间

春去夏来六月中,桑榆不恋花影重。
不待稷情纤风起,却已羞得满霞红。

注释: 龙集的朋友记录下了这幅美景,对我说:"我一开始看到这景时候,想到的是王勃的'烟光凝而暮山紫'!"啊,我哪里能写出这样的境界,我只看到老天爷也羞红了脸,想必此刻的田间有多美啊!于是便有了这《日暮田间》:麦子都收了,村里安安静静的,之前的喧嚣仿佛突然消失了一般,只映得天上的彩霞红彤彤的一片。照片由王中华拍摄,2023年6月12日记。

小青柑

灵山仙草香自欢,九豌红汤化千繁。
花丛取次难一戒,百味千苍在青柑。

注释:妻给我寄来了一盒小青柑茶,这是一种将普洱茶叶填充进小青柑皮中的特殊茶品,它结合了柑橘的清甜香气和普洱熟茶的醇厚口感,是非常受人欢迎的茶。听妻说它能助消化,降血脂,同时还能提神醒脑,所以,夏天喝点红汤普洱也是极好的吧!对小青柑的喜爱难以言表,故作诗赞之。

风云记

云行几千里,风随不离弃。
携夏入户静,物我两相宜。

注释:云带着风,风带着凉,蓝蓝的,世界都变得纯净明朗了,若是风也没了,云也没了,盛夏就来了,而现在,风都带着清凉的形状。这就是龙集的天、河口的天。

雨夜真如意

天方平常雨来袭,一花一叶且相惜。
此中亦有真如意,我与南窗共心悉。

注释:夜晚听着屋外大雨来袭,心中不知不觉想到广场的树,记得去年高温时候,久不见雨,很多新栽的树木都干枯而败,如今大雨倾盆,这些树木花草应该喜得自存,一花一世界,一叶一菩提,三千世界得到了滋润,广场也会愈来愈丰茂啊!所以,在这样的心境下,写下了这首诗,真如意也!

雨天感怀

金陵润雨扫清尘,香气好似十里村。
谁人欲饮天露水,我愿甘霖与君分。

注释:在南京的时候,恰逢大雨,受强对流天气影响,雷雨大风交加。听河口的村民说,那一刻的河口也在大雨之中……麦子都收割了,土地需要滋润,下吧!下吧!谁愿意和我一起饮用这天露水,我愿意一起分享呢!似乎这是不多见的喜雨时分啊!

赞龙集六月黄

洪泽湖中内黄侯,启味增鲜六月中。
白玉封骨味香满,还留脂红块块浓。

注释: 龙集特色,六月黄,刚出鲜的螃蟹。有村民对我说,六月黄虽然烹炸水煮皆可,但烹饪的时候不建议清蒸,最好是葱姜蒜爆炒,然后加水闷烧,壳不用切开,喜欢吃辣的话加点辣椒。看着那黄流出来,那滋味啊,就一个字:鲜!这边村民把六月黄也叫六月鲜,吃的就是螃蟹刚上市的头鲜。

端午缅怀

千古忠魂不嫌多，人生在世岂苟活。
屈原不知身后事，仍有香粽寄汨罗。

注释：端午节吃粽子，不仅是对先贤屈原的缅怀，更是对屈原精神的传承。我在龙集也吃到了粽子，想到先贤屈原的那股为国为民为君的情怀，甚至不惜以死殉国的爱国情操，真是值得我们学习。吃粽子，想屈原，回顾他的一生，学习他的精神，这就是过端午节的意义。照片拍摄于书房。

夏至都过了呀

夕凉惊觉已梅雨，一年只剩半年余。
难书心头未了事，苦笑谁言子非鱼？

注释：晚上，突兀的凉意让我忽觉已到梅雨，夏至时节竟早已过去……这让我担忧，这意味着，最后驻村的一年，已经过了一半了！可还有好多事等着我去完成，这些和谁言说呢？只记得别人羡慕我驻村的自由，却不知任务未完成的压力。"子非鱼焉知鱼之乐"，"子固非鱼也，子之不知鱼之乐"……可他俩只知道争辩鱼的快乐，却忘了鱼亦有痛苦呢。照片拍摄于在村里走访的时候。

颂农歌

炙肤浃背诉胼胝,千里耕畴祈香时。
天下农歌最辛苦,莫嫌盘中粒粒食。

注释: 在村里的时候,看到大家都在劳作,我走过去搭讪,村民热情地对我说:"麦子收了,就要开始育秧苗了,就是水稻苗,长大一点了,再拔出来栽。"这种过程以前只是听说,现实中没见过,有机会碰见,一定要亲自体验一番。夏种不易,珍惜粮食。

夕阳亦寻常

落日阡陌道寻常,余霞散绮亦何伤。
花满田香终成是,何愁白发映夕阳。

注释:夕阳让人落寞,黄昏让人独情,但这本是寻常,又何必物喜物悲。乡村建设一定会有一个美好的结果,所以,现在愁出白发,又何足道哉!

记我的书签

青青细淑一长条,遇书合璧两相娇。
寄得此物开万卷,三千世界共清宵。

注释:书好,伴读的物件可就不能少了,从书桌书椅的大物件,到镇纸书签等小物件,件件都能把书中的乐趣愈加激发出来。在驻村的地方,书是不可少的,这些小物件更是不能少。一件件地搭配成各个场景,在文字和乐趣中畅游。今天收到了这个小书签,真是欢喜得不得了,读书学习有之相伴,更是赏心悦目,其乐无穷啊!

一茶一盏栀子风

一杯还剩一盏空，空去也有色留盏。
茶色清欢本无渍，却有庭前栀子风。

注释：当晚，见朋友圈友人发诗词两句："白茶清欢无别事，庭前栀子照晚风。"觉得颇有意境，但不知诗来何处，查知原句为："白茶清欢无别事，我在等风也等你……"后之俗尔，暂且不记。后一句"庭前栀子照晚风"似也出自某篇，可未曾找到。我寻其禅味，窃附己意，乃试补足，故成此篇。呜呼快哉，若我能有此等闲情，也算了了逸志耳！2023年6月29日夜23点记，照片为书房一角。

壁虎做客之歌

壁虎大哥也寂寞,没事找我来唠嗑。
如你欢喜可留宿,别嫌我这有点热。
人人说你会避祸,寓意吉祥还除恶。
愿您今晚吃个饱,但别钻进我耳窝!

注释: 晚上宿舍爬进来两只又大又肥的壁虎。我本是不怕壁虎的,但是这几天夜里,总有蚊子在我耳边嗡嗡嗡地叫,所以我迟疑起来——我熟睡之后,壁虎大哥不会在我耳边捕食吧,虽然知道是小时候大人吓唬我们的说辞,但是一想到壁虎的尾巴掉到耳朵里面那种咕咚一下的感觉,我就担心不已……

龙集龙虾赞

躬擐甲胄舞长盔,不惧劳苦扎深泥。
小虾亦有成龙志,粉骨捐躯寄勋奇。

注释:2023 年 8 月 23 日"宿迁发布"公布了首批国家农业产业强镇名单。泗洪县龙集镇(小龙虾)被认定为国家农业产业强镇!这份沉甸甸的荣誉离不开龙集小龙虾的贡献。话说,蒜蓉味的真不错。

七一党赞

红旗千帆迎风扬,牢记党恩莫能忘。
沧桑百年今换颜,伟大复兴奏辉煌。
因地制宜谋发展,文化科技启新航。
脱贫收官全覆盖,一村还比一村强。
亮点特色齐荟萃,发家致富有良方。
绿水青山现犹在,小院楼阁美家堂。
如今巨变百姓福,千帆过尽不可懈。
干群合心共努力,齐声歌唱共产党。

注释:在七一这一天,支部组织了重温入党誓词等活动。

五十年赞

从军报国尤在前,卫民法治正有天。
清溯廉义三十载,峥嵘与伴五十年。

注释: 父亲这一天得到了光荣在党 50 年的纪念章,"光荣在党 50 年"纪念章承载着老党员的荣耀和梦想,更代表着个人 50 年的荣光、责任和激励。我也觉得很光荣。作诗自勉。

月下打油

梅雨来时遍打楼,停歇不提苦墙忧。
月挂疏桐近咫尺,不照树下半老头。

注释:梅雨来的时候,大雨敲打着墙,仿佛非要把墙敲塌一般。我住的地方,雨水泺着窗沿流在地上,可是没想到,第二天雨过天晴,竟然像什么事情都没发生一样,地上的水渍也不见了,一切回到如初。我和同事说了这件事,他问我要不要补墙,我说也许是我做的梦吧。月光照着我的头发也白了,和他漫步在街头,一切似影似幻。照片为当晚拍摄的暂时停工的三和古街。

记两地分居的人

卧榻独眠空对枕,朝夕携儿影双成。
常念日月催人去,妻小牵挂心纵横。

注释:我和妻子是两地分居,像我们一样两地分居的村民太多了。大多是妻儿留在村镇,男人外出务工,家里缺了汉子,重担就全落在妻子的肩上。因此村里的女人非常坚强,有的一个人除了工作外,还帮带四个娃。我经常和同事说,这边农活忙的时候,田间地头里都是女性多于男性呢。照片是村里的姐妹俩人,姐姐12岁,在泗洪上学,妹妹4岁,在镇上的幼儿园读中班。

吃洪泽湖小银鱼记

一口二口三四口,五口六口七八口,
九口十口都不够,幸好我挺瘦!

注释: 在村民家里吃到洪泽湖里的小银鱼,小小细细的,晾干了,就着刚摘的青红辣椒丝一起爆炒,又辣又香,好吃极了!村民夸我诗写得好,来了兴致就当场吟了一首。就是这首,格式仿谁的诗就不多说了,哈哈。只感慨,龙集的宝贝可真多啊!

夏日余晖

初阳挽升平,夏风释清心。
浮光有掠影,余晖待花明。

注释: 每次在社区走访,都会遇到在墙根下晒太阳的大爷大妈,网上说村里的情报人员就是这些大爷大妈,所以每次遇见他们我都会驻足和他们聊几句。在他们的口中,我得知了不少有趣的事情,也许在他们的口中,我也是一个有趣的人,这又何妨呢?在别人的口中成为某一类人是有趣的生命体验,既然生命只有一次,被分几类不也是很有趣的事吗?龙集的余晖,虽然有点热,但仍沁人心脾。照片为河口社区新风广场一角。

临窗吃茶

临窗打禅坐,甘苦一杯茶。
苦头留唇间,化简入肚肠。

注释:喝茶看书想问题,不是悠闲,是促进思考……养生论认为,人在日常生活中保持身体呈弱碱性会比较好,除了适当运动、规律休息以外,适当喝点茶叶也有利于维持人体弱碱性状态。这首诗的最后一句本来是写"碱"的,但落笔之处却写成了"简"。碱不是简,却又是"简",这也是吃茶的一种意境。

癸卯小暑记

黄梅水沧沧，行人欲断肠。
却道今日好，小露晚来香。

注释：今天是小暑节气，闷热依然，却骤然下雨。人们在路上手足无措，要么躲在壁檐下，要么顶风冒雨，纷纷抱怨这场突然而至的大雨。可是到了傍晚时分，小雨稀稀落落，一阵阵晚风吹来，空气里都是荷塘的香气呢！图片为河口社区新风广场。

勿忘贵人无量佛

朝雨晚阳奈若何，高堂佳音终成过。
小村得助谱新曲，勿忘贵人无量佛。

> 三、研究年度帮扶资金拨付事项
> 四、研究人事事项

注释：今日单位审核帮扶资金事项，在单位领导的关心和帮助下，我申报的项目和资金都得到了通过。激动之心难以言述，心情久久难以平复。有位信佛的村民听到了这个消息，对我说，我们的贵人就是你们，你们就是菩萨，我想说的是，要感谢后方单位啊，没有后方单位和后方单位领导的支援和支持，那会有这些好福利呢，这些说到底就是要感恩党，记住党的恩情啊！

避 雨

塘荷水风岑寂冷,青瓦白墙雨溅坑。
还未识得芳菲过,已是檐下打雨人。

注释:2023年7月中旬的一天,和朋友去隔壁的田集村参观,结果到了半路下起雨来。我和朋友躲在农舍的房檐下,看着田野葱葱绿绿,遥想起去年不记得何时来到此处,当时油菜花遍野盛开,莺飞蝶舞,好不热闹。如今来时,已是盛夏梅雨时节,深感时光之快……其实我还想说的是:花还没看到,却淋成了落汤鸡。

成子湖边听雨

小灯独影梦难成,笔头怜砚事相仍。
村道梨花何处是,一笑落萍成子声。

注释: 手头的工作还未完成,就听到屋外呼啦一片大雨袭来。吵扰的雨声没有扰乱我的心智,却汇成一曲独特的BGM,在耳畔回响。持续的雨落声仿佛成了生命的伴奏,充满了自然的活力和生命的蓬勃。我在成子湖边听雨,是不是也是一件有趣的事,因为,听闻雨落成子,一切就都会好起来!

大暑读书

酷日何敢当,炎炎何久长。
百般不解暑,惟有书中凉。

注释:大热天就该看书,心静自然凉呀。防暑也别忘记防晒哦,最好的防晒是读书。照片为闲书一角。

日落归闲

高阳照云裳,青瓦映明堂。
日斜葱林后,童耍小村旁。
炙炎尤未尽,晚风俨若偿。
人时此为最,归闲千愁忘。

注释:一天之中最美好的时间就是一天忙碌结束后,下班回到家里,看到做好的饭菜、乖巧的孩子,一屋子暖意奔向自己的时候。乡镇的同事们一定更深有感触吧!你们辛苦了!

河口莲蓬赞

扶摇清浊中,荷华味欲浓。
朴然天成之,七窍通玲珑。

注释:谁说河口只有螃蟹?谁说河口只有小龙虾?河口产的"水果莲蓬",各个籽大饱满,水润甘甜!保管你吃一粒,想两粒,吃两粒,想三粒,吃起来甜,咽下去鲜,吃得肚里软绵绵,河口莲蓬,你值得拥有!

月夜偶得

朝炎晚灼小湖天，明月与我对榻眠。
轻摇小扇忆谁是，惟有清风恋窗前。

注释：晚上在宿舍头一次把窗帘拉开睡觉，窗外的月光倾泻而下，夜里似乎也亮如白昼。摇着扇子，望着窗外，睡意也全无了，我知道，又到了胡思乱想的"节目"了！这哪能管得住？我就这样摇着扇子，躺在床边，什么都由他去了。窗外的风也偷溜进来，围着我，好似要听我讲故事一样，这时候女儿如果能在身边该多好啊！夜晚龙集乘凉记。

此刻星光洒在床

深宵枝俏夜影中,长河流云小风从。
月圆不忘离人苦,满床星光寄长空。

注释:每当夜里,脑袋里的思绪变得异常有序的时候,我知道这一刻我又要与失眠为伴了。夜幕深沉,星云斑驳,本应是沉睡的时刻,而我,却成了夜的独守者。我试图回忆眼前这些有序的点滴,却发现它们如同流星,一闪而过,调皮难驯。那些快乐与悲伤交织、未知与可能并存的日子啊,余味再浓烈一些吧!深夜失眠所记,照片是这一时分河口的天。

八月八日立秋

归来还去事未休,两地牵人不禁愁。
岁月凉风一夜过,人间何必早立秋。

注释: 又到一年立秋时,夏季就这样结束了吗?感觉这节气都催着人"立",为什么时间过得这么快呢!田野里,稻谷泛着金色的波浪,玉米秆上挂着沉甸甸的果实,他们在秋风中摇曳,诉说着即将到来的收获。天空也变得空远起来,云朵也变得轻盈。秋天是充满诗意的,就连我车窗前的雨水,也被拍打成了仿佛油画的光影。

入秋夜明

玉湖空盏小家炉,田间煮酒论诗书。
且待湖花风雨后,小荷秋来晚如初。

注释:妻问我,这两年的驻村让我有了哪些变化呢?我从海王星想到地球,从五十万年前想到了现在;从南京的紫峰大厦想到了河口路边的小石子,从新街口的霓虹灯想到了龙集路边的小蜡烛……我想了能想的一切,最后的答案是:回来的那天,希望还和当初一样呢。照片为书房一角。

东嘴湖日落记

日落凡尘始见真,水揽星辰亦相闻。
天色满湖霞光好,且等一身过来人。

注释:镇上一位同事和我说,她在这里已经五年,感慨美好年华有这五年陪伴,我留意她的点,不在飞逝而在年华,可见其珍惜有之!和她曾在东嘴湖边走过,当时她拍了这张照片,落日让人伤感,但也是天地的返璞,时光流逝,万物归真,如今相连,便想到同样的时光作用于人之种种……便有了这首诗。

秋日上湖

露花烟渚上湖秋,翠衣照水相映游。
隔船探身问莲子,小芙偎依几多羞。

注释:村民邀请我同去采莲,动身前却没想到会是这么大的船。我试着撑杆却不得要领,女人家便亲自操作示范。真是没想到,我这一身肌肉,却不如她的灵巧,夸她之后她竟也害羞起来。

癸卯七夕叹

长河星野照双飞,满城明月映相随。
王母若识长相忆,何需鹊桥把人催。

注释:2023年七夕这一天来到洪泽湖畔,和同事聊起了恋爱与婚姻。没想到,两个帅小伙都是异地恋,因为工作原因,不断奔波于两地。我说,今天是牛郎和织女的七夕,你们见到了恋人那才是真七夕呀!在基层,很多年轻人都是异地恋,但大部分都能终成正果,这是做人的修养,也是相爱相惜的道理吧!照片拍摄于龙集洪泽湖畔。

癸卯处暑记

初凉萧萧疏芊草,风晦斜阳送清空。
蝉唱树声依旧在,几人细雨坐秋愁?

注释: 处暑是高温酷热天气"三暑"之"末暑",这一天的到来,意味着酷热难熬的天气开始渐入尾声,秋天真正要来了。说到秋天,免不了就有秋愁,可是在这清爽怡人的时节,又有多少人愁思呢?照片拍摄于河口社区的新风广场,小朋友们正在开心地玩呢!

雨中碎莲

暮雨别旧枝,落萍似相识。
莲花不忍碎,片片惹秋思。

注释:刚说完没有秋思,就来了秋思。秋思是对秋天的思念和感慨,而凋零的荷花正好是秋天的一种象征。当荷花凋零时,花瓣逐渐枯萎,花朵逐渐闭合,让人感受到时间的流逝和生命的变迁。河口社区有很多荷花,每当此时,荷,总会再添别样风情。

夜阑西窗

夜阑西窗一相逢,文章琼瑶两相空。
满床秋风待清梦,不知今宵在梦中。

注释:因为一篇文章的事情又让我失眠了,在床上辗转反侧,越发清醒。往事一幕幕地过,现实一片片地糊,真不知道是梦是真。图片为洪泽湖的美景,由张连华拍摄。

成子湖边中元夜

成子湖边中元夜,两乡同照泣月圆。
既是来去终一路,且愿流光共成全。

注释: 今天和朋友聊到中元节,我说清明的诗我写两篇了,不想和中元的再叠义,要理解中元和清明的不同。我说,没人说清明晚上不能出来,中元倒是谨慎出行,于是我便想到如下区别:清明凸显人鬼伦理的统一,中元节则凸显生与死、人与鬼的对立。清明是通过生死人鬼的统一来强调对伦理的关照,中元则是通过生死人鬼的对立来强调对道德的敬畏。所以清明注重慎终追远,而中元则多了一驱鬼除恶。简单来说就是清明重同归,而中元偏殊途。都不容易……生死人鬼,两厢成全吧!照片为张连华拍摄。

洪泽湖日落记

万里平湖三千梦,连天新妆映九重。
日落离愁相望久,从此秋水恋苍空。

　　注释:"醉后不知天在水,满船清梦压星河。"这是我身处此景第一时刻浮现在眼前的诗句……我不喝酒,哪里能写得出这样的意境!只觉得在这里久了,日落也会依依不舍吧,秋水能舍得他吗?这是我的肤浅,就这样写成这首日落记,贻笑大方,只求抒意……

秋 别

早起轻寒晓晨光,鸟叫鸡鸣满秋黄。
芊芊寂寥窗前过,别语秋离何处藏。

注释: 乡镇吴书记履新,我一早便赶来送他。一直以为他要给我送行,没想到我却给他送了行。我们该如何告别呢?我本想说"像当初见面一样",结果他对我说:"我们没有告别,我们的友谊才刚刚开始。"是啊!这哪里是告别呢,天地循环,叶落归根,只有友谊的延续,没有告别。

尚嘴秋食记

曲径幽情万里长,绿影青柿填秋光。
难忘做客尚嘴尾,麦香鹅肥六月黄。

注释:周末被同事拉去尚嘴村,随即写了这首诗,之后意犹未尽,又写了《吃鹅记》一篇,信马由缰,絮絮叨叨,虽然有点舍不得那老鹅,但味道真的好极了。当地人都夸赞尚嘴的美味佳肴:新鲜的食材,用心地烹饪,如果来龙集作客,尚嘴的美食一定不能错过!照片拍的是他家门口的柿子树。

白露·出发

车前霜凉送晓月,白露独枝叶下风。
好景人回川流里,风尘可谓大梦中。

注释:今天周末可以回家了,每当此时都归心似箭。人时常是这样,不能做什么事也就罢了,能做的时候,那真是恨不得马上就完成。每次隔着车玻璃看着车水马龙一幕幕流过,都感慨时间的流逝,怎么就抓不住呢!

师恩赞

九月初来生秋华,春风依旧满人家。
试看阶前杏坛外,早已遍处桃李花。

注释:恩师,一个充满敬意和感激的词语,在每一个人的成长道路上,总会有一位或几位,以独特方式影响着我们的老师。他们就像我们人生旅途中的明灯,照亮了前行的道路;亦或像风浪中的灯塔,指引着我们前进的方向。恩师的教诲,如雨露,如春风,在教师节这一天,作之颂之,祝老师们身体健康!

静　夜

身在床榻心在游,尽看窗外满村秋。
长夜星稀空无梦,安敢许愿第一流。

注释：只想安安稳稳把这次的任务完成好,所以看着村里亮起的路灯,心里非常欣慰。还记得建好后,和同事一起大喊"亮起来了,亮起来了"的时候,那时的欢乐真是一辈子也难忘了!照片是晚间河口的新风广场,路灯由后方单位帮扶建设的亮化工程项目所建。夜晚的河口村,不再是黑漆漆的一片了。

荷香被秋风所吹尽

去月初来小梳妆,风情难系总无常。
最恨花间乱塘雨,一日秋风旧残香。

注释: 秋风无情,把荷叶都吹尽了,秋风有情,又让这枯荷别具风情。似乎没人喜欢秋风,干燥锋利,把满湖的荷花凋零掉,但是没人说过,即便是枯荷也是有荷香的,萦绕不绝,久久难散。龙集的荷花处处可见,所以,无论四季交替,总是有淡淡荷花香气,无论寒暑往来,总有点点残荷境情。

癸卯秋分记

一肃秋风分两半,一半微暑一半寒。
不如天地同云雨,日月载我共赴还。

注释:随着最后一抹余热在秋风中悄然吹去,秋分,这个象征着季节转换的节气,便不期而至了。秋分,分什么?时节一刀切开寒暑,令人猝不及防。真是自然的伟力,有趣又神秘。节气依农事而立,在田野里这种感觉越发明显,它不似春天的生机勃勃,不如夏的热情火辣,但潜流暗动,充满城府。

中秋望月有感

世人皆羡月中仙，人间亦有人间贤。
一年好夜天天有，何必独念此时全。

注释：还记得我刚到龙集的时候，就有人对我说："周六保证不休息，周日休息不保证"，乖乖隆地咚，原本以为是一句调侃，没想到还真的是！那节假日呢？中秋这一天，还是有很多人在工作，不过，月饼该有的也还是有，大家都如此。好好驻村吧，何必非要在中秋这一夜团聚呢，这也是与众不同呀！

寒　露

云裳载花秋水流，风烟似尘悄成丘。
寒起晴煦天如洗，不想枝头却是秋。

注释：龙集的今天温暖如春，气候升温仿佛春枝漫叶。我穿着一件毛衣在办公大楼里穿梭，委员见到我问我冷不冷，我说我都出汗了，可是话音刚落就想到了现世报，可不能说大话啊，可不能说大话啊！我身上有汗，却在凋落的枝叶里看到了秋天……秋寒貌似温良恭俭让，冷不丁就沁入心扉了。也许这就是寒露时节的不一样吧。

Time goes by

秋风劲且哀,好花凭谁败。
莫道秋伤久,Time goes by～

注释：这是第二首把英文的句子押韵到整首诗里,意思能对上,且觉得很有趣。书里说,古人总是喜欢歌咏秋伤,可我想告诉大家,不要再低吟秋伤了,时间都会过去的,往前看,一切都会好起来,我这算不算鸡汤呀?

重阳记

湖涟十月满袖凉,朝来重阳水沧沧。
心头相逢三千页,仍有思量照月光。

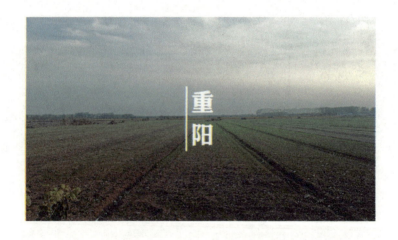

注释:重阳节这一天,气候明显降温了,河口这块地方,一边是土地,一边是湖水,从湖面吹来的风带着泥土,也带着寒意。到了夜深人静的时候,风是呼啸而过,而那一刻却是写东西最好的时候。喜欢夜作的人,一定能体会到那时的心境。

癸卯霜降

睡觉书廊日已东,怀景同怅秋波溶。
还羡此景如一梦,霜降却凉几道风。

注释:霜降之后明显感觉降温了,田间地头里面处处都是秋意,这意味着劳作,更意味着丰收。中午在村里的时候,我突发奇想,问妇女主任知不知道国外的麦田圈,她满脸疑惑地看着我说:"书记,现在没有麦子是稻子呢……"好吧,我压根这时不该想这事的。此句的"觉"读如爵,同程颢"睡觉东窗日已红"之意。

秋深耕记

天凉但见九州同,万亩深耕亦相通。
不惧人间西风曲,自在阡陌稻黄中。

注释: 稻子已经收割了,接下来是不是该种花生了?忙的时候我也忘记了别人是否告诉过我,印象中便有了种花生之说。过了几天,村民告诉我说,是花生也不是花生,明年开春,旱地种黄豆、玉米、花生、山芋、芝麻、绿豆、红豆等;水田种水稻,而现在只能种小麦,冬天看到大雪压着麦子就是好兆头。原来如此……现在都是机械作业,几乎看不到人一锄头一锄头地翻土了,劳作的场景距离我越来越远,四体不勤五谷不分,我又一次有了挫败感。

朝辞金陵

朝辞金陵恐相迟,流萦飞去梦如诗。
稻秆枯绣十里地,何愁别离苦相思。

注释: 早早起来洗漱之后就开始往龙集赶,昨夜的梦仿佛还在眼前似的一幕幕滑过,每次最怕这样匆忙的别离,可是到了村里,看到这一片黄灿灿的稻田,心中的离苦就烟消云散了。乡村果真是能治愈人的地方,开阔的视野、清爽的空气,这是每一位中国人的乡土情结,更是每一位中国人的心灵净土。

日暮偶成

不惑也难万事全,外松内紧时有衰。
今又谢发三千顷,笑对桑榆不周旋。

注释:脱发严重啊,这可咋办呢,拦也拦不住,还不如笑看黄昏。有人说是熬夜导致脱发,有人说是喝酒导致脱发,有人说是思念导致脱发,有人说就该你脱发……哈哈,管得了天,管得了地,还管得了脱发吗?志气相投的朋友从不在意你脱不脱发,只在意如何好好相处下去。

河口降温记

怜雨濡枝叶,细风抚帘台。
书香不可负,寒意何惧来。
秋愁苦忆短,冬藏好生态。
不觉驻村久,只感流光还。
田野我自回,书斋亦有外。
良慨深负多,思家小园菜。

注释:又降温了,越来越冷就意味着归期越来越近。和其他驻村书记交流的时候,皆感到时间之快,转眼即逝,大家似乎都流连在这里,流连着这里的一草一木一人一物,记得一位书记对我说:"乡村最值得珍贵的就是这里的'原生态'。"

癸卯立冬盼

朔风吹来百姓家,一夜落花冷香颊。
岂料心头三更雪,梦里先来暖杯茶。

注释:2023年11月7日夜三更时分,江苏立冬,虽然略微降温,但心中早已期盼着雪的到来,期盼着听到踩在雪上的嘎吱声;期盼着雪花纷纷扬扬,一片洁白无瑕的景象;期盼着雪花落在掌心时的清凉……喝杯热腾腾的茶吧,睡不睡得着,再说吧!照片为当日龙集镇河口村的田间地头。

青伊湖记

两年共载酒一樽，冬来硕果满地存。
同畅福义共杯饮，万难抽楔本归真。
还忆寒窗问风雪，今朝柴门了无痕。
繁花绽定回眼望，笑掩风华几度村。

注释：2023年11月16—17日，我们在宿迁的第一书记来到了美丽的青伊湖镇，以观摩学

习、经验交流的方式，参观了后乡村、小元庄、福庆木业和欢腾农业，并围绕乡村支部创建、产业发展、环境优化、驻村帮扶等方面开展了交流学习。在交流会上，我们就驻村期间开展乡村振兴的工作情况、思想体会、回村后下一步打算进行了交流，并就此次观摩过程中学到的好的经验和做法进行了提炼和总结。通过此次观摩活动，我们开阔了视野，启迪了思路，激发了活力，为接下来驻村工作的圆满收官吹响了"冲锋号"。照片由青伊湖镇提供。

北上河口

升州城外暖阳重,满目清涟流光中。
除卸轻裘独驾马,北上河口战冬风。

注释: 从青伊湖镇回来后度了周末,在家陪了女儿,周二的一早便匆匆赶往村里。青伊湖镇的发展让我触动,我们的龙集镇也不能落后呀!村里今年的项目要落地了,下午施工队就会带人去村里丈量尺寸给村民们修建充电桩、布监控,提升小区安全。把村民服务好,我就可以安安心心地回单位,结束两年多的驻村工作了。临走前,妻嘱咐我要注意添衣,我说:"干活一身汗,还怕什么冬风!"

龙集小雪记

朝霞浮入暖自仟,日晒堂前犹未寒。
不忍岁月人间冻,此声无雪亦无闲。

注释:2023 年小雪的节气,正如预报所料,天气中并没有出现小雪,反而暖暖阳光让人有着春天的错觉。这一天的田野里没有出现农耕的场景,但是看似闲暇的一幕,远处仍有着很多的人在劳作,朋友和我说他们在挖山芋。

开工喜庆浓

湖阔深处有动工,村振民乐党旗红。
不待月将庆功酒,早已相顾喜庆浓。

注释：在后方单位的关心下,帮扶资金很快就要到了,村民们已经等不及开始动工今年的项目了。我们要建充电棚和充电桩,小区要安装防盗门和全天候的村居监控。大家自己动起手来,先把地基打好！有了充电桩、监控和防盗门,再也不用为安全风险担心,大家都非常开心！

十一月最后一天冬村行

独行冬村遍，高树叠影中。
枯枝丛遮处，白云入天重。
风寒悄恶路，湖花荡午风。
此路谁与共，独影与飞琼。

注释： 2023年11月最后的一天，在村里漫步，看着两年来变化巨大的乡村，心里甚是安慰。在后方单位、镇政  府和村民的共同努力下，村里有了活动的广场，有了成排的路灯，有了美观的充电棚，家家户户有了防盗门，还建起了一座全新的卫生室……村里换了新颜，村民们也喜笑颜开。一切的努力都有了结果，而我驻村工作结束也将要返回原来的单位了……

癸卯大雪

怜雪人未别,老路影伴身。
常恋六百里,梦醒一归人。

注释:又到了一年的大雪节气,今年的大雪依旧没有下雪,但是已经有了别离的气息。眼看年底将近,驻村截止的时间也要到了,现在还不是回首的时候,但是这来回六百里的高速,犹如大梦一场,时间变了,人变了,唯一没变的恐怕就是这亩亩田地,春生夏长秋收冬藏,年复一年日复一日,生生不息。

寒风晨枝

不见今日百花丛,何曾吹落凛冽中。
难得不能寒风起,守得玉枝待春融。

注释:清晨起床的时候,看到窗外寒风中的紫荆树,枯干的树枝上已经不见去年三月满枝的紫荆花了。想必在养精蓄锐,蓄势待发吧。希望明年三月能再见到你在枝头绽放。

龙集来雪

不知昨夜几回落,大梦一醒又如何。
小楼闭窗慵褥去,方知醉后雪更多。

注释:2023 年 12 月 15 日下午五点左右,龙集的天空中开始布满了雪花。大雪纷纷飞起持续了半个多小时,地上的积雪还没有汇集,雪就逐渐停止了。虽然雪来得快,去得也快,但是纷纷飘扬的气场却一点不输。村民拍了孩子在村里玩雪的视频,朋友圈里充满了龙集来雪的喜气。天气骤冷,但是这场雪却带来了别样的暖意。

记参会

齐聚一堂叙承恩,虽在村郊恋学门。
朝发夕回多听策,踏雪持杯敬门尊。

注释:我虽然离开了学术领域,但是学界的老师们仍然是我经常想念的人,抽空参加了这次学术会议。在会上我谈了这两年来驻村成绩和对如今乡村全面振兴的看法,并结合专业谈论了驻村两年多来的感受。同学们听了我总结的七个方面,个个惊讶地笑出声来,我不停地摆手说:"不超过一分钟,不超过一分钟!"欢乐的气氛让我久违,我相信,村民的喜悦,被我一同带到了这里!

看 雪

日光映雪天正寒,青枝白叶染人间。
满天琼花何处落,心中无处接清闲。

注释:2023年12月18日星期一,南京漫天大雪,飞飞扬扬。在南京好久没有看到这么大的雪了。朋友圈都是被雪景覆盖了,看着窗外的大雪,心里却想着年底驻村考核的事情,材料和工程都没有完成,哪里有闲情欣赏这美如画的雪景呢!

迎冬至

雪尽寒天一夜冰，残融封池水难平。
终是阳生渐复暖，冷若冰霜最无情。

注释：这几天好像是我在南京遇到的最冷的天气了，没法想象此刻的龙集又会冷成什么样。记得去年冬天的时候，我骑车去了成子湖边，看到拍上岸的湖水都立马成了冰凌，寒风吹得我的耳机都自动关机，皮质的手套都挡不住空气中的寒冷，话都说不清了。今年最冷的几天却在南京度过了，看着被冰雪覆盖的汽车，心底升出焦虑，希望在这零下8度的低温里，汽车也能安然挺过来，冬至已经来了，回暖还会远吗？赶紧化冻吧！期待你载着我回村呢！

回暖记

昨日寒冰西窗前,今朝浮光暖湖仙。
不闻醉风花如雪,但见春华三九天。

注释: 一直的冰寒彻骨,今天却悄然来了一个大翻身。暖暖的阳光开始出现,屋檐下的冰溜溜都融化消失了。从屋内望去,别说,还真有春天的感觉!中午老杨匆匆跑来,快活地和我说:北面的热水器已经化冻了,可以洗澡了!我这才想起来,之前水管还一直冻着呢!我看着景色,老杨想着我洗澡的问题,真是各有各的惦记啊!

晨起大雾

朝闻窗栏天色低,似梦似醒似迷离。
凡尘何故烟花扰,不见梦里落花泥。

注释:清晨时分,听见外面有人在喊:"大雾来了,大雾来了!"我爬起床掀开窗帘,看到窗外果然是大雾重重,就像小时候放烟花一样。这种景象立刻将我拉回儿时过年的热闹光景里。只可惜,在梦里,却已经很久没有出现了。

龙集大雾

白墙蓝瓦迷壑中,萧瑟寒风何处从。
原本落花鸡鸣处,雾里楼台别样重。

注释:接前首诗所作。本以为清晨的大雾已经够浓郁的了,没想到越到中午大雾越发厚重起来,眼前雾茫茫一片,仿佛整个世界被一层白色的幕布覆盖,窗外的小楼已经依稀不见了,整个龙集笼罩在神秘的气氛里,给人一种宁静而莫测的感觉。但是景象却各添一色。

天净沙·冬念

薄雾老路青秧，黄土孤雁枯丫，远处是谁人家。一点荒寥，心里全都是她。

注释：两年多的驻守，家人也为我默默付出不少。在回家的路上，看到枝丫指向天空，像在企盼着亲人的归来，偶尔只鸟掠过，几声啼鸣，更添几分萧索。看着村里的冬日景象，心生落寞。随口而作。

跨年记

两年潜沉事非常,恍如大梦做一场。
练得手头寻常事,何愁笔下无文章。

注释: 从今天开始,两年三个月的驻村时间彻底到了。之后的数天就是准备考核了。这两年多,如果有人问关乎我原先工作的最大感受,那恐怕就是做文章了。我常和人说,文章要写好,一定要言之有物,这两年多来文章虽然发了几篇,但归根到底都是基层实打实做的事。巧妇难为无米之炊,言之无物,再华丽的文章也不是好文章。

话　别

日升月恒水自流，不见湖上一扁舟。
我问冬风何处去，石岸枯芦两清幽。

注释：考核的日期越来越近，也要和村里告别了。我时常会想，要以什么样的方式告别呢，但思来想去，最好还是像来时一样吧，不打招呼，就这样回单位吧。对，就这样吧。如果有下一任书记再来，他一定能理解我现在的心情。照片为洪泽湖岸边。

小寒风相似

薄雾经霜化青烟,小寒犹退暖意连。
惟有陌上风相似,何需举诗三两篇。

注释:转眼之间两年三个月的驻村就要结束了,按照安排,一月中旬进行考核,所以小寒时节的我依然驻守在村里,都一月份了哦,还没有结束呢,我发现很多驻村书记都还在村里,依依不舍。大家心照不宣,都不愿意离开这两年多来驻守的地方啊。所以,我都忘记了小寒的节令,到了晚上才想起来,补了这首诗。

见花偶得

此处羞枝谁人栽,但闻香影上楼来。
世事如花终成现,彼时落暮此时开。

注释:镇上的梅花开了,香气四溢。这花还真有个性,其他花盛开的时候,它却低调得不开张,可其他花都凋谢的时候,它却不畏严寒地盛开着,独流露出它的香溢。朋友对我说:"没想到一个大男人还这么留意花!"我笑而难言,我哪里是留意花,是留意这样的人呢。

无 题

何事责天锁晚霞，今朝不见春日花。
终有别离似一意，寒风岂能不知他。

注释：不知道怎么表述，心情复杂，问了别的驻村书记，大部分人的心情都和我一样呢——在这寒冬腊月里告别，凋零冬景，寒风瑟瑟越发让人寂寥。

心自欢

二年三月做村官,转眼回头路已还。
莫笑此道千番远,绿水长流心自欢。

注释:12号上午,述职测评谈话后,两年三个月的驻村正式期满了。大家依依不舍,前来给我送行,也不乏眼泪在眼眶中打转的。我心里不舍,但天下哪有不散的宴席?好在给村子布置的任务都完成了,实事都落地了,群众得到了实惠,我也安心告别。在这一日,我听到的最多的话就是"要常联系啊!"是的,虽然路途不近,但是这份感情已难以割舍,这里是我的第二故乡。

着什么急立春

不觉春来就要立,还伴雪雨淅沥沥。
没见好花开的早,晚点又能怎么滴!

注释:今年龙年没有立春,所以在正月到来之前,这一节气却早早地来了。果不其然,这一天刮风下雨,还带着点点的雪花,丝毫没有感觉到春天的气息。大家都裹得严严实实,像过冬一样呼吸着本该属于春天的气息,让我不禁感叹,立春何必来这么早呢。

春立朝雪

白玉盖雪冰丝绦,一夜寒来添旧袍。
但闻春风来不远,寒花青云两昭昭。

注释：立春之后就下雪,这次春寒果真料峭。清晨起来,看到窗外茫茫的大雪,仿佛又回到了 2023 年的冬天,人们把收起来的厚衣服又拿出来穿上,似乎都搁置了春暖花开的念头。春天快来了吗？待放的花朵和朗朗的青云正在回答我们：春天正在路上！

守岁祝愿

今时夜下万户灯,烟花火竹照家门。
但愿好年人人有,寒去春来百花生。

注释:明天就是正月第一天了。但愿每个人来年都有好运,看吧,一切都会越来越好的!有意思的是这首诗的第一句原本为"今夕月下万户灯",梁明同志认真地对我说,除夕的夜晚通常是看不到月亮的。除夕一般都在农历的三十或二十九,而月球在此时正好运行到背阳面。

文 篇 | prose

夕阳高速

从南京到宿迁要走一段高速，这段路车不少，风景却很美。

道路中间的分隔带里长着各色的植物，虽然算不上整整齐齐，但也非常有序，给人一种一年四季季季如此的感觉。周边是乡村和田野，等到农忙的时节，放眼望去，如布雷东的油画一般，朦胧温润。

令我惊喜的是，每每在这段路上行驶的时候，导航小姐都会用清脆活泼的声音提示我：

"在夕阳高速还有××公里……"

这让我非常意外，因为这段路竟然还有个如此贴切且诗情画意的名字——夕阳高速！

取这个名字的人们该是有多么热爱这条南北贯通的大道啊！

可是惊喜却没有持续太久，后来无意中看到导航才发现是自己听错了，不是"夕阳高速"，而是"新扬高速"……中文听力十级的我，明明每次听到的（和看到的）都是"夕阳高速"啊！尤其是开在傍晚黄昏的这条路上，夕阳静谧，一片金色洒下，这种心旷神怡、如画美景让我每次都有种逐渐融入油画布里的感觉……

直到现在,谈到来回的行程,我依然会说夕阳高速。朋友们也很意外,而我每次也会说:"只要你在黄昏时开车走过一次这条路,就会知道它为什么叫这个名字了。"

当然,朋友们并不会因听我说了这句话就去走一趟这条路,也不会看我这么执拗就相信这个名字。可是,看着夕阳洒下的农田、田野里收起来的麦草卷、新耕犁翻开的土地、远处葱葱的树林和星星点点的人……每个人的心中是否都会升腾起这样的感慨:

这段路真应该叫"夕阳高速"啊!

黑美人蛋糕房

在龙集的每个傍晚,我都会路过这家蛋糕店。简陋的门头上,赫然印着"黑美人蛋糕房"六个大字,土里土气,让我忍俊不禁。

想来这家老板心爱的姑娘一定是位黑黑的美人儿。俩人是在热恋中,还是已经结了婚,甚或是仅仅老板的单恋,我全然不知。

在店里的时候,几次我都想询问,但是看到小老板一本正经地给我推销蛋糕,我就开不了口了。人家那是在很认真地工作呢,我怎么能拿这种戏谑的好奇去打扰人家的工作呢。他明明是在很认真地生活着。

可是每次我去的时候,见到的都是这个小伙子,既没有遇见皮肤黑黑靓靓的美人,也没有见到黑黑俊俊的小丫头,每次都见他一个人在店里忙前忙后,有时候我在想,也许黑美人只是这位少男的单相思吧。

他可能没有见过皮肤白如凝脂的女生,也没有见过小麦肤色健康的潘西,身边多是被阳光晒得黑黢黢的姑娘,只要一个笑容、一声乡音,就足以让男生用尽毕生的积蓄开起这家小面包作坊,每天一个人辛苦地工作,

用勤劳和诚实来守护着他这一生的爱吧!

想到这里,觉得生活很美好,我也不觉得孤单了。

后续:前文写作于 2021 年 11 月 19 日夜,当时这篇文章发在朋友圈里,不少朋友留言问我这位男青年恋爱的对象到底长啥样,这让我始料未及。2022 年的时候,我经常去光顾,但是说出来你也许不相信,那一年我还真的一次也没有见过"黑美人"呢!但是一年后,黑美人蛋糕房突然重新装修了店面,依然生意兴隆地经营着。我减少了光顾次数,却有幸见到了少男的"黑美人",出于礼貌没有拍照,要拍照的话,小夫妻俩一定会觉得很奇怪吧!

苏北的菜：白菜羊肉

食堂又做了白菜羊肉。一大锅炖在一起，有白又有黄，再点缀着红辣椒，就像凡高笔下的麦田，金灿灿的，充满着能量。

第一次见到这道菜的时候，它盛在一口大锅里，就这样从内厨里端了出来放在桌上，长方形的白菜根子和黄色的叶子烂歪歪地挤在一起，像几代人生活在弄堂里，让我实在没了胃口。跟着众人舀了半勺，却没想到在接下来的进食中让我体验到了非常的乐趣。

这是我在食堂里最喜欢的一道菜。有时候夜里躺在床上想到这个味道都口角生津。这座小小简陋的食堂，却每每能做出这样的菜品，真是让我意外欣喜。要知道，羊肉本是暖性食物，再加上辣味，每次吃完之后都会让人感觉气温回暖、春暖花开。有一次我对食堂的大厨说："你做的白菜真不错哦，味道很好。"食堂的大厨立刻对我说："明天还做！"表情严肃得近似凶狠了，他直爽得让我毫无脾气！

白菜羊肉之所以好吃，还因为它辣。我记得刚来的时候我对大厨说："这边的菜真辣啊！"大厨很好奇地看着我,问:"哪道菜?"

我本是不吃辣的,辣的影响吃态,会让我打喷嚏、肚子也会痛。但是入乡随俗,不吃就挨饿,而且我总记得父亲和我说过:四川人皮肤好,原因就是吃辣的多。后来也是这道菜让我明白,在苏北农村、临湖而居,天冷的时候来点这样暖性的食物真的会让人暖洋洋的,再加点辣,直接穿个丝袜都行。所以食堂的工作人员就不止一次对我说:

"这边不加点辣就出不来味,你们那的菜都偏甜,吃多了对身体可不好了!"

想想也是,我喜欢吃糖醋里脊、鱼香茄子、鱼香肉丝、松鼠鳜鱼等等,似乎每一道都是偏甜口味,就连家里西红柿炒鸡蛋都要放点白糖。吃多了血糖也跟着升高。可是在这边,这样的口味却有种小白脸被黑脸汉子安抚的感觉,不吃点辣,不出点汗,算什么爷们儿呢——当然,最好再 ki 点酒,冒冒汗,男人味就这么出来了。

于是我就胡思乱想起来:甜口吃多了,嘴巴就会甜,好听的话自然就说出来了,不说话的时候自己就咂咂嘴,也能感觉到口腔里甜甜的味道,可是甜的毕竟偏女性化点,再赌个气、噘个嘴,酸酸甜甜的,虽然美如画,但颇为矫态。辣口的却全然不是,一口下去,五官不是那么甜美,而是蹙眉咂嘴,倒吸凉气,仿佛小胆子见了大场面,一万个委屈在嘴里,任由它们炙烤着、撩拨着,神经跳起来,却只能闭口不言。咽下肚子之后又会有种爽快,再慢慢体验着这种释然的快乐,虽然不久肚子也许会跟着闹腾起来,但也就是几趟厕所的问题,脸上再冒几个痘,但这又能算什么呢。

菜偏辣的,酒也是辣的,辣出一头的汗,胆子也大了,嘴巴也自然直了起来,大家不伤和气,可以明枪交接,也可暗箭来回,聚散一笑,直来直去,大喝一声,道理就立了起来。

苏北的辣,原来也可以吃出男人味呀!

照片为白菜羊肉这道菜

基层民主选举的直接观察[*]
——以龙集镇人大换届选举为例

基层民主选举是全过程人民民主的重要组成部分，是基层民主治理的前提和基础。龙集镇位于江苏省泗洪县东南 50 公里，立处洪泽湖、成子湖交汇处，滩涂水面 204 平方公里，陆地面积 87.4 平方公里。龙集镇总人口约 4.6 万，辖 5 个行政村、9 个居委会，分配泗洪县人大代表名额 13 名（和往届一样），划分代表大选区 5 个；龙集镇新一届人大代表总额 75 名（比上届增加 6 名），划分镇代表选区 28 个。2021 年下半年到 2022 年初，龙集镇进行了五年一次的人大换届选举。对基层民主选举直接观察，总结做法，提炼亮点，发现问题，引入思考，对贯彻践行全过程人民民主具有现实意义。

一、选贤任能，全过程人民民主的真实实践

广开门路选代表，严把代表质量关。拓宽人才选拔渠道，实施开门举荐、阳光选举，动员广大党员群众积

---

[*] 此篇文章发表于《唯实》2022 年第 6 期。

极参与，真正把优秀分子推荐并选举出来，为换届奠定基础。同时做到严把代表关，由组织办、派出所等部门建立代表候选人资格审查小组，从严审查把好代表政治关、素质关、结构关。

选民登记严审查，保障选民参选率。针对镇外出务工人数多、户籍人口居住分散的情况，镇党委指导各村（社区）登记造册，查清外出人口数和外来人口数。同时会同派出所、各村（社区），通力合作，全面摸排，建立台账，通过查户籍，比对户籍与选民登记册，走访地址不详、去向不明的选民，向周边群众调查落实情况，保证选民依法应登尽登。

搭建平台展形象，集思广益开言路。按选区分别组织召开代表候选人与选民见面会，让选民更深入地了解代表候选人的基本情况、工作理念和服务宗旨，拉近候选人与选民的距离。同时，成立换届报告起草小组，结合镇工作实际，先后以多种形式广泛征求各方面意见、建议，广开言路，集思广益，使工作报告真正成为统一全镇人民思想和行动的纲领性文件。

广泛宣传重教育，引导代表多参与。充分利用广播、横幅、在线媒体等形式广泛宣传。组织工作人员和志愿者深入党员群众家中、田间地头，以拉家常的方式找准宣传工作切入点，用通俗易懂的语言，把换届声音传递到每一户居民家中,多措并举确保选民应登尽登。

严明纪律守规范,确保选举风气正。制定专项督查内容清单,组织"换届风气大家谈",针对选举关键环节、共性问题、难点痛点等,让负责人各抒己见,交换看法。建立影响换届风气线索即时通报机制,全面排查换届隐患风险点,督促民生实事完成,双向确保换届工作顺利开展。

二、提升后勤,全过程人民民主的细节亮点

"四个暖心",做好党员选民的服务员。为拉近代表与选民之间的联系,开展"四个暖心"工作法。组织召开离任干部荣退仪式并颁发荣誉牌匾。对流动党员选民,通过电话、微信联系,认真听取流动党员的意见建议。对特殊党员选民,通过建立换届选举工作志愿服务队,提供上门接送和陪护服务。对全体党员选民,拍摄"全家福",提高认同感、荣誉感和归属感。

"三有代表",做好换届选举的宣传员。为宣传好人大换届工作,龙集镇张贴换届选举公告110余张,悬挂宣传标语180余条,张贴宣传海报2万余张,同时组织发动村两委作用,走访宣传教育群众,组建了一支有经验、有方法、有能力的"三有"人大代表宣传队,通过"人情网""关系脉""1+N"的联系方式,为人大换届选

举宣传发挥了积极作用。

"多层学习",办好换届选举的培训班。镇党委多次组织召开镇人大换届选举工作培训会,并在会后积极动员、安排部署各村(社区)组织召开宣传培训会共计60余次,300余名村社干部、选民小组成员参加培训,对乡镇人大换届工作进行安排部署,规范换届选举流程,推进完成人大换届的选民登记。

三、瑜中有瑕,基层民主选举问题不容忽视

人户分离现象普遍,增加选举难度。近年来,随着城镇化进程不断加快,以及户籍在人们生活中实际功能的逐渐弱化,大量农村人口因购置新房、子女上学、外出经商务工、婚嫁等原因导致"人户分离"现象日益严重。一方面,参选率很难保证,给选民登记工作增大了难度,容易造成"重登、漏登、错登"现象;另一方面,愿意参选的流动人口登记也面临程序繁琐的问题。龙集镇约3.6万户籍人口中,人户分离人口约2.6万,约占72%。村居工作人员需要花费大量精力对"户在人不在"和"人在户不在"情况进行摸排核对。

代表结构较难落实,可选范围有限。据统计,镇妇女代表23名,占代表总数的30%;非中共党员代表24名,占代表总数的32%。虽然基本符合要求,但是随着

农村青壮年外出人员越来越多，加上镇、村干部大部分都是党员，基层一线代表尤其是非党代表、妇女代表的可选范围仍十分有限。

选民参选意识不一，热情有待提高。在走访过程中，仍有部分选民主动参选热情不高、意识不足，对人大代表选举的关心不够。据了解，因居外和交通等原因，外出务工人员对选举关注度普遍偏低，有些文化程度不高的选民甚至表示不愿意参加。如何进一步激发基层选民行使民主权利的主动性和积极性，仍是基层人大开展好选举工作乃至人大工作的重要课题。

四、对策建议，推动全过程人民民主落地落实

加强班子建设，是推动全过程人民民主在基层落地的重要前提。加强三套班子成员特别是新当选班子成员的教育，是推动基层民主走实走稳的关键。基层工作复杂琐碎、盘根错节，很多时候需要领导班子亲赴一线，临阵指挥。不仅要掌握基层干部的思想动态，把握工作中的重点难点，及时解决，而且还要经常在谈心谈话中帮助成员统一思想认识，打消各方面思想顾虑。在这次人大换届选举中，选民参政议政的流程、代表与选民的定期走访、建议的办理、工作人员素质的提升、考评激励机制的制定和完善，都需要亲力亲为、精心

组织。另外，在监督方面，乡镇领导的重视与否也直接关系到基层人大与群众监督、舆论监督的合力，对于树立权威，厚植人大监督刚性具有直接意义。总之，在乡镇一级，领导班子承担大量直接、琐碎的工作，班子建设的好坏直接影响全过程人民民主在基层落地落实的成效。

优化民主流程，是每一位选民行使好选举权利的重要保障。优化民主流程主要体现在改进代表构成比例和简化流动人口参选资格两个方面。代表构成比例本是为了选出德才兼备、代表性强、服务人民、履职水平高的人大代表，但为了数据而数据，则是舍本逐末。改进代表比例，既要考虑代表的结构比例，更要考虑代表的素质能力，应把比例多向体现乡镇基层工作实际的，诸如一线工人、农民、专业技术人员、社区工作者倾斜，真正体现出既充满活力又相对稳定的要求。流动人口参选是选民登记工作的另一难点，突出表现在取得资格转移证明手续繁琐。要采取多种措施为流动人口参选创造便利条件，比如，可以为本地外出在同一居住地的流动人口集体开具选民资格证明，流入地选举机构应当主动联系户籍所在地选举机构，确认流动人口的选民资格。同时要在流动人口中广泛宣传参选意义、途径和程序，确保流动人口的选举权利。但不可否认的是，这一系列工作都离不开两地配合与细致繁琐的工作，任何一个环节出错都会造成参选的障碍。简化流动人口参选机制，保障流动人口的民主权利，仍是基层民主选举亟须优化的问题。

做好宣传保障，是推动全过程人民民主在基层落地的重要支撑。基层民主选举，尤其是乡镇一级民主选举具有一定的特殊性：人户分离、履职能力和结构比例难控，外出务工人员单纯追求经济利益、自愿放弃自己选举权利的人员增多，造成一些人大代表对换届选举的热情趋减，不少代表对乡镇人大换届选举存在厌选情绪。加之开销不菲，一些村干部对选举工作也存在畏难情绪。据了解，乡镇开展换届选举，村一级的开销大约需2万—3万元。因此，做好宣传保障工作，是排除畏难、消除抵触的重要方式。宣传方面，要广泛开展人民代表大会制度及宪法、组织法、选举法、代表法等法律宣传，使人大代表知法懂法，明确责任意识，培育代表荣誉感，以饱满的政治热情投入乡镇换届选举工作中来。要积极宣传正能量，多宣传人民代表在参政议政、实施监督方面的积极作用，多宣传人民代表视察乡镇政府工作的成效，以此调动人民代表的参选热情，知晓自己的权利，珍惜自己的权利，为换届选举工作知责尽责。要体察民情，多调查走访人大代表、群众代表，宣传领导和代表的所作所为，让他们知其然且知其所以然，使代表们心中有数，努力实现上级意图与代表意愿的完美结合。保障方面，为保障基层换届工作扎实有序开展，上一届政府部门应提前预算，做好划拨乡村二级换届日常工作经费的预算，并保证经费及时到账，使基层换届选举有经费可依，杜绝基层的后顾之忧，促保基层民主选举活动的积极性。

照片为龙集镇河口居第七届居民委员会候选人提名大会现场

毛姆《面纱》揭秘

先声明：一是解读的是书，不是改编的电影；二是解读内容涉及剧透，为避免先入为主，建议阅读过本书的朋友看；三是解读可能会破灭朋友们之前阅读带来的美丽的感伤，欢迎交流。

《面纱》陪我在龙集度过了好几个夜晚，今晚终于要暂别了。20年后再读，让我心潮起伏，恍然大悟。再看了几个UP主的解读后，觉得浑然不对，没有说到关键

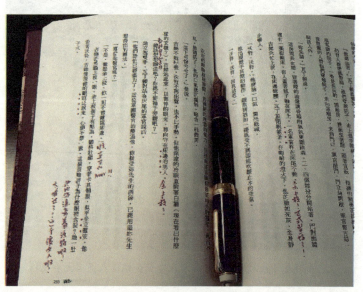

图为当时读的《面纱》

处，都在误导人。我心里憋气，不写出来，无法平静。

没错，理解这本书非常重要的一个线索就是沃特在死前说的最后一句话："死的却是狗。"这句话出自英国诗人戈登·史密斯《狂犬挽歌》（An Elegy on the Death of a Mad Dog）这首诗的最后一句：疯狗咬了人，结果是人康复了，狗却死了。沃特认为自己是咬了人的狗，没想到被咬的吉蒂活了过来，自己却死了。沃特认为该死的是吉蒂而不是他，似乎充满着意外和不甘；但是或许还有另一种理解：知道这首诗的沃特，宿命论地认为自己就是该死的狗。

前一种推理有着深深的不甘，后一种却恰恰相反，充满了悔恨。那沃特是哪一种情愫呢？从书中可见，当沃特知道吉蒂怀孕之后，二人已经开诚布公地表明了态度，沃特承认了自己之前恶毒的想法（带出轨的吉蒂来湄潭府，一起或是让吉蒂感染上瘟疫而死），并希望怀孕着的吉蒂赶紧离开这里。结合前后文沃特的言行来看，死前的沃特应该是对自己有悔恨的，只是用了这种戏谑的诗句来嘲讽自己的行为。他是爱着吉蒂的，这一点毋庸置疑。那难道吉蒂不爱他吗？这一问题，却不能简单地否认。

首先从夫妻二人的关系来看，沃特"天生就很注重自己的隐私"，即便在二人同时生活期间，"两人的互动也不能让吉蒂更加贴近他"，书中隐晦地表达出每当沃特显露出外人不知一面的时候，当然这里说的是二人的性生活，作者没有明说，但是结果却是吉蒂"对他的鄙夷就多一分"，所以吉蒂说："我自始至终都觉得你面目可憎"，"我认为你根本不是个男子汉"。沃特婚后的表现正常吗？肯定是不正常的，在书中吉蒂反复说过"沃特让她闷得发慌"，"一直彬彬有礼"，好像二人之间永远横亘着一条河。有人或许会认为这是沃特的绅士风度，或是沃特的性格使然，但是做了夫妻、同床共枕后还需要这样刻意保持着距离吗？那只有一种可能：就是深爱吉蒂的沃特，还有一面并不想让吉蒂知道。当我们大胆猜测，并结合之后的种种线索就会发现，极有可能存在着这一种隐情，沃特在性上是有问题的。了解了这一点我们就不难体会到出轨查理乃至被抛弃后的吉蒂仍然渴求着查理的原因，这不仅是精神的渴求，更是一种一直没有被满足的肉体的欲求。

其次从二人在湄潭府的经历来看，这里出现了一个很奇怪的人物，就是余上校。余上校在正式登场前已经分别通过瓦丁顿、修女嬷嬷、小修女和沃特的口中出现了至少13次，这绝不是一个简单到可以忽略的人物，否则他也不会在出场前就被作者在书中反复提及。以至于在最终登场时，令"吉蒂心头一揪"，心中纳闷："为什么这个黄脸的胖子眼里饱含泪水？"余上校一直陪伴在沃特的左右，这绝对不是一个可以忽略的人物，作者越是隐晦越是奇妙地暗示出一种隐情：余上校是何许人也，他和沃特是什么关系，以至于沃特死前他会如此伤心。在电影版里，虽然这一条线没有明确展现出来，但扮演余上校的演员却是某位香港黄姓演员。

最后从瓦丁顿、修女嬷嬷和吉蒂的对话中可见，大家从一开始就怀疑了吉蒂和沃特的婚姻关系。瓦丁顿从发现他们夫妻二人"吃沙拉等同自杀"开始，到后来对吉蒂的安抚，他的表情始终带着戏谑和试探，甚至直接开口询问为什么吉蒂不回去。这里也不禁让人遐想，瓦丁顿肯定是知道什么，不论是从夫妻二人的关系来看，或是他从别处了解到的情况来看，他对吉蒂的同情都是根深蒂固的。同样，修女嬷嬷也反复从大义和信仰角度来暗示吉蒂如何对待沃特，就差从修女洁身自好守身如玉侍奉天主来教导吉蒂如此陪伴沃特，是不是修女嬷嬷也知道这个隐情却不好明示？

结合这三点来看我们推测出这样一个结论，那就是沃特本身是一个同性恋者（或是一直不敢承认这一现实的同性恋者，或是双性恋者），在湄潭府的时候和余上校朝夕相处，关系也非同一般。所以在沃特看来，自己并不能完全站在道德的制高点上去谴责去惩罚吉蒂，他不能给吉蒂完整的、正常的爱，他也是有罪的人，是不正常的人，是一条 mad dog，所以吉蒂理应获得新生，而疯狗的结局只有死亡。"死的却是狗",这是沃特死前对自己的评价,没有意外,没有不甘,有的只是对宿命的无奈和对吉蒂的告解。而一直无法去爱沃特的吉蒂,并不是不爱,而是不知如何去爱这样一个"奇怪"的男人,所以最后仍去找了查理,宁愿再次出轨,也要面对一个真正的男人——这是吉蒂的抗争,这是吉蒂性的自觉!

这么说,估计很多人会难以接受这位不幸的被出轨的可怜男人的变态一面,其实当我们结合作者毛姆的生平来看的话,就更容易理解。在现实中,威廉·萨默塞特·毛姆的妻子薛瑞惠康在和他结婚后就曾发现了毛姆的地下情人,一名叫杰拉德·哈克斯顿的美男。

所以这本书与其说是写着背叛与救赎,还不如说这本书体现了作者本身作为同性恋而对异性恋人、对同妻的一种忏悔。这不是出轨的救赎,不是爱与背叛,这是对欺诈婚姻的控诉,这是为自己的忏悔,替同妻的控诉!所以这本书最大的受害者其实不是被绿的沃特,而是出轨的吉蒂。

单纯的姑娘们,想告诉你们,美丽的人生被粉彩面纱遮掩着,可是身边人可能都和自己一样有着不为人知的秘密和不可揭发的谎言,是去揭开还是去欣赏这粉彩的面纱?这也许是百年之后,《面纱》带给我们的警示吧……

人最怕就是动了情呀

昨天下午在村里督工广场修建,兴致盎然,不觉中临近黄昏。村民朋友要留我吃饭,我掐表一看再回乡镇已过饭点,便说好吧,有烙饼吗?

村民马上便说这就去烙。我本无心一句,村民却立刻行动起来。子曰:君子食无求饱,居无求安,故知我者知,饮食素不讲究。但是没想到村民却认真起来,忙前忙后,大咧咧地问我:"韭菜鸡蛋和面里,可以吗?"

韭菜和鸡蛋!我一听便来了兴致。因为此时彼时这寻常的食材在中国某地却有如阿玛尼一般奢侈,何况村里现摘的更是清鲜滴油。果不其然,转眼的工夫我便看见村民手拿着刚割的韭菜,笑嘻嘻地走向灶台。

天地间,还有什么比这更惬意的事?想吃什么,就去土中寻,没有污染,浑然天成。土地也不亏欠我们,养育我们,我们纯朴地向土地讨着,土地也无私奉献给我们,天地之间的交融充满着和谐,这就是农业的核心,把自己融入一个循环的整体中,互相滋养,相互成就,这是为人做事最体面和最优雅的呀!

看着铁锅里滋呀冒油,大饼的香气就扑鼻而来。哪里还需要什么蘸料,没一会儿我就吃了两大片。

站在夕阳余晖下,望着忙碌的工人,品尝着天地的馈赠,耳边是牙牙学语和鸟鸣……我想家吗?想啊,可是,我也会越来越留恋这里。

……因为,人最怕就是动了情呀!

图为当时拍摄的韭菜饼(拍得不好看,但真的很好吃)

突入一场雨记

晚上一切照旧，伏案而作。

突闻窗外传来轰轰的声音，由远及近，倾盆而来。掀开窗帘，发现原本安静的街道，骤然间积满了雨水。妖风乱作，行人寥寥。树还是那棵树，灯还是那盏灯，路还是原先的路，但仿佛一切都变了。积水中映着扭曲的灯光，原来这川流的街道还能这般昏暗。

我本可以不顾这些依旧伏案，可是这轰轰的声音，却是在心里由远及近而来。我站在窗边，看着水汇流而泄，消失在道路黑暗的罅隙里……逐渐却分不清，是因为这场雨让心境起了变化，还是心境本有了变化才识得了这场雨。

没想到，本该专心一处的我，却被这雨水浇了一"身"。

物喜己悲易，物我两境难。浮生若梦，乱世繁华，苍水蒹葭，相思华发……古人用情至深、矢志不移，何来的寡情薄幸、置身事外？既然做不到超然物外、四大皆空，又何必不以物喜、不以己悲？爱心永恒，如是中天，人之情，诚不欺我也！

回到桌前，觉得欣慰，于是记之。

石楠与樱花记

春风邀进屋,是富有诗意的,尤其是这春风还带着"生命"的气息。

余住在三楼,南面的门窗打开,便能看见小花园,绿绿葱葱,有石头堆砌的廊道和木头搭建的凉亭,犬吠猫跳鸡鸣鸟飞,虽居小镇的大脑处,仍有种"日隐桑柘外,河明间井间"的感觉。楼下有一株茂盛的石楠树,这"生命"的气息便是从这绿油油枝叶间簇拥的白花散发出来的。

或说是腥臭,或说不可描述……男人们闭口不言,却相视而笑。或闻之想吐,或直冲脑门,总归没人喜欢这气味。但是为了看见小花园,我还是常常打开房门。

樱花树,紧挨着这株石楠,像痴汉边的美妇一样,娇翠欲滴。粉红色的花,美丽而柔弱,余常哀叹这美妇的芳龄,最美时却是它的落红日。春风撩骚,花谢花飞花满天;云雨终弃,便是红消香断谁人怜。

可就是这两株在一起的树,经历一夜春雨后,却显出截然不公的命运:樱树落英遍地、残花凋零,石楠却花团锦簇、岿然未动!不得不让人感慨天命之不公,美丽之哀愁。红颜自古多薄命，闭门春尽落杨花。美丽总易受到摧残。

哀伤凋零也无济，何况落红终是有情物，何况年年花相似，岁岁却人不同。石楠花丑，可立于污浊，吐故纳新；樱树花弱，却愿迎于春光，落入心弦。美或不美，皆己所妆，自有能审之者；用或无用，皆己所不知，却自有能辨之者也。置感慨不论，以彼易此，又孰得孰失呢？

白天路过花丛处，有感于此，于是记之。

照片为宿舍楼下的石楠和樱花树

虞美人记

下午遇见老杨同志，看见我便极有兴致带着我去看花，说栽了给宝宝看多好，接着和我说起此花和彼花的不同。

两个大男人蹲在泥巴地里看花，是多么奇怪的一幅画面。但看着他的兴致，我似乎也来了兴致，忍不住想到虞姬，想到她的忠贞，想到绝境处的爱恋，想到生死离别……看着这千古绝唱的坟头花，如今却田野遍见，是喜是忧呢？于是就想到了这首打油诗：

千古绝唱垓下歌，乌江自刎情难惹。

如今花朵遍田野，虞姬虞姬奈若何。

忠贞不渝若是遍天下，自然是极好的；但若这生死相依，同生共死，皆是情人羁绊，那幸福又会是怎样的面貌？是喜是忧，又怎好说？

……罂粟花是甘同赴死的，美人虞才应该好好活着啊！

生命的流年和不能承受之轻

每次看到米兰·昆德拉的书,一段往事都会浮现在眼前。

记得是在大学期间的某个晚上,我正坐在电脑前看着视频,突然接到很久未联系的高中同学的电话。电话的另一头是求学时期的优等生,在高中时期就叱咤风云、风光无限,典型的开智早、学习好、颜值高的女神级人物,虽然她在华师大,但是她这次给我电话却是想与我分享她在北大当旁听生的收获。为什么要和我分享呢,现在我都觉得奇怪。

她和我说了北大的学生在聊的中国先秦时期的思想,对我说老子出关去了印度成了释迦牟尼,和我说了应该辩证地评价岳飞抗金,时不时还问我李清照的某句词还记得否……我被她问得一脸茫然,显然当时的我和她完全不在一个频道,我只能做个旁听者,接受她的激动兴奋和想倾诉的欲望。可是逐渐地,我发现有点不对劲了。

她从中国的传统文化聊到了西方文化,给我说了和她朝夕共处的北大学生的智慧灵光和妙语连珠,突然她慢下来问我:"你最近在看什么书呢?"

我被她问得一愣。在看什么书？我刚准备说，却发现什么也说不出口，时间一秒一秒地过着，我开始坐立不安起来，我说我最近没看什么书呢，她当作了谦辞，便大大方方地与我聊起了米兰·昆德拉。

生命不可承受之轻，好笑的爱。听着她绘声绘色地聊着布拉格之恋，聊着东欧剧变带来的意识形态崩塌，聊着福柯混乱的受虐哲学和萨特支持的学生运动……让在电话这头的我窘得一塌糊涂。

在我眼前的电脑里，我清晰地记着，正在放着佐助离开村子准备去投奔大蛇丸的一段，而耳畔却一幕幕地让我看到一面巨墙在我和她之间筑起。

在多年之后，我和这位传奇校花又见了一面，那时的我已经全部看完了米兰·昆德拉的全集，也开始尝试理解《论语》和《周易》。我和她面对面坐在咖啡馆里，不知道为什么我和她提到了这件事。当时的她咯咯地笑，表示从未想过对我的影响或是打击会这么大。我说，正因为在你看作轻若鸿毛的事，所以我才更加地难以承受。有时候，不求进取并不羞耻，但放弃精神的富饶真是无可救药啊！

今晚又想到了这件事，因为我想到了米兰·昆德拉，把我从火影忍者拉到东欧剧变的伟大作家，让我自觉惭愧和耻辱的一座精神的壁垒，我曾经因为自卑而莫名其妙，又因为自尊而去攀登，用自己稚嫩和单纯去理解去做愁，一次次地不解、一次次地为赋新词。今晚上海译文米兰·昆德拉的新版零点发售在即，这样的等待让我再一次回到以前那简简单单却身临巨墙的流年……

随着时间的流逝，我越来越体会到，活着的差距或许不是我们不能承受的生命之轻，但精神的贫瘠，却一定是我们生命中不能承受之轻呀！

这是此刻在龙集的小宿舍里读米兰·昆德拉小说后的随想，荒腔走板，聊以自慰。

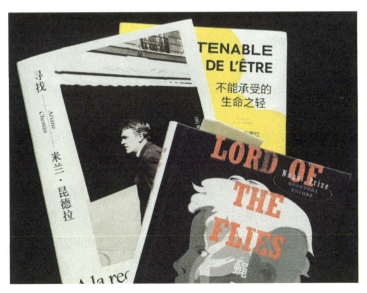

照片为当时看的闲书

浪狗乐与狗不吠记

不知始于何时，宿舍楼下现只浪狗。

昼不知所踪，夜则吠于院，吵不能寐。同事不堪其扰，诉门卫。

门卫曰："吾等知此狗久矣。昼行于食堂之秽桶露食，暮则潜入院落，于便溺，遇猫则吠。此狗脏污狼藉，动如狡兔，十人皆执不住！我乃议以鼠药药之，而君不忍出，即如此矣！"

呜呼！即如此矣，逮不着、执不住、毒不能，此后或久负其扰也！

……

前有云，周边有流浪狗夜吠。民不堪其扰，久除不掉，民怨多沸。

近几日，忽不闻其吠，以为其死，不料今日又见。此狗不吠何谓也？或曰，前日不知从何而来一母狗，二狗交好，夜不复吠矣。恐有"家室"也！

呜呼，狗之单身，其吠也哀；人之单身，其情何堪。不鸣不吠，有爱则已。于爱，知其所爱，可以人而不如狗乎。为人君博于爱，为人臣敬于爱，为人子孝于爱，为人父慈于爱，与群众交责于爱，所言皆爱也。

故处异地，独不孤耳，爱为木铎也！

黄昏雨记

看着看着就变天了。从下午开始就刮起了大风，傍晚时分雨水就啪嗒啪嗒打了下来。天气预报倒也没错，可是黄昏伴着风雨，总是给人一种生命沧海一粟的感觉。

未雨绸缪却也急坏了村民。纷纷开始把地上晒的麦子给拾掇一起，用塑料布篷遮盖，再用砖头压住边缝，行云流水，一气呵成。不惜身上淋着雨，也要保护好自己的粮食。村民给我发信息，语音里既是乐天又是担忧地喊着："抢粮食喽！抢粮食喽！"倒是听不出来有人偷偷焚烧秸秆而被处罚的担心，而是听出了淋几次雨水，麦子就要烂掉的担忧。

最不愿看到的是，地里还没有收割的麦子要淋雨了。听说被风雨吹倒的稻子，收割起来要加价，雨水打湿的麦子倒相差无几。我问村民，麦子没有被吹倒的吗？得到的答复是："好像没有。"麦子比稻子要坚强，难怪历史上食惯了面食的北方总是骁勇过吃惯稻米的南方。

这让我想到在大学时的食堂里，总是会听到有人不乏自豪地说："我喜欢吃面，吃不惯你们南方的米。"他们不把我们吃的米叫"饭"，而就叫作"米"。在他们眼里,"面"才应该是饭!

麦子的坚强即如是。

下午刮起大风的时候,村民送我来了村子,坐在电动三轮车里,嘟嘟嘟嘟,雨水打在塑料车窗上,外面的景色都模糊起来,隔着窗户只见天地灰黄相间,看不清细节,看不见行人,仿佛人世间便若此:油画般的近而模糊、远而清晰,却有一种说不出的虚无。

封闭的小三轮车里,一只蜻蜓飞在里面,偶尔还会停在我的肩膀上。如果有音乐能配上这样的感觉就好,可是二十里地驶过,天灰压压的便成了黑夜。

疾风伴骤雨,黑压压的一片。让人心情荒凉。我若是麦,恐怕不应感慨如此。

夜晚路上的小灯

有次晚间骑车从村里回镇，当走到一条小路的时候却发现不知何时，模样别致的小灯整齐地被摆放在路的两旁。这条小路路灯昏暗，每次夜晚骑行，都是靠着月色和偶尔驶过的大车车灯来照明，所以突然发现这样的小灯，让我很是意外和惊喜。

我还下车端详了一下这小灯。形似蜡烛，却是塑料带电的。不知道一共有多少个，对齐列在路的两边，朝着镇里延伸过去，仿佛无穷尽。我觉得贴心，便沿着小灯所指一路骑行，想着竟然也没有被人拿走。到了镇里，却发现在路灯通明的镇道上依然整齐对称地摆放着。这就使我疑惑起来，并隐隐感觉应该是有所用才是。

第二天我便去问了镇里的老人，果不其然，这样的小灯是给逝者指明回家之路所摆放的。一般在坟地和家之间，怕逝者去了新地，找不着回家的路了。以前没有电子小灯的时候，大家都是用玉米棒子点着火插棍子上，再插在路边，从家里一路散到墓地。

这样的谜底，我也预感到。事后和朋友说起，仍然不觉得害怕和冒犯。按照迷信的说法我和亡者同路，说不定还就坐在我的自行车后座上呢,但是被惦记着来"拜访",惊悚之余更是脉脉温情。

想起这件事的缘由是今天清晨还没大亮就被炮仗声吵醒,接着是吹奏的音乐和来来往往的声音,半梦半醒间便能推测出是附近哪家在办白事。

孔子说:"慎终追远,民德归厚矣。"丧之以礼,祭之以礼,是无可厚非的。我也曾在窗边仔细观看着当地送殡的仪式,虽然好奇心颇多,但仍然秉持着敬畏。记得上学时候,一个学西哲的同学和我说"怪力乱神",后来有天才突然发现,"子不语"更多是一种敬畏,而不是不屑。

关于丧礼,当地的仪式颇多,听说,甚至仍有破例的土葬,所以抬棺送丧就不鲜见。这些多少都在书中见过,不以为奇;但是给逝者点亮回家的路,倒是我第一次知道,且觉得很有温度!

照片为镇上路边的小灯

苏东坡和鬼故事

林语堂在《苏东坡传》中写道，东坡先生流放海南之时，曾要当地农夫讲鬼故事给他听。当读到这段的时候，心中升起莫名的荣幸，因为，在驻村的时候，我也问过村民类似的问题。

农夫对东坡先生说："我们不知道要谈什么。"东坡先生说："那就谈鬼吧，说几个鬼故事来听听。"农夫说他们没听过什么好的鬼故事呢，东坡先生就说："没关系，就谈你们听过的好了。"农夫有没有说，说了什么鬼故事，东坡先生和农夫是什么感受，书中没有交代。但是当村民对我说："其他没什么说的了。"我问道："那我想打听一下附近村里有没有什么大神大仙？"

我说："就是能让去世的人上自己身，或是能烧符念咒驱鬼，有神通的人。"村民笑起来，有点匪夷所思地看着我说："现在哪有这样的人，我们从来不信这些的。"

我相信，东坡先生问农夫这些，并不是对鬼故事感兴趣，而是想通过鬼故事来了解当地的风情；同样，我问这些，也不是对怪力乱神感兴趣，而是对宣教科学、宣传中华优秀传统文化、破除封建迷信的成效感兴趣。

但是这样的"兴趣"似乎成了一种对村民的冒犯和自己无知的暴露。

还记得在大学教书的时候，经常有人神秘兮兮地对我说，在什么什么村里，就有人被去世的人上身，索要一些帮助，"老师，是真的哦，连说话的声音都会变得一模一样哦！"连说话声音都会变掉，学生信誓旦旦地对我说。若干年后，当我真的在农村一线、田间地头了解那些情况的时候，得到的往往却是村民哭笑不得的眼神和爽朗不屑的笑声。

传统文化概述、中国思想史、周易解读……优秀的文化似乎都离不开它们的对立面：封建文化的糟粕。正如同一阴一阳之谓道的道理，我也一直认为，对不了解的事物要保持一种敬畏心。但是，如果我知道有村民被封建迷信欺负和哄骗，那无疑也是我无法接受和原谅的。

倒是有一次，我经历了一次有趣的谈话。以神叨叨开头，却以很现实结束：

一位村民和我说，她知道附近的一个村里有一位"老神仙"，这位老神仙专门给人"看疑难杂症"，也能给人"驱妖魔鬼怪"。我问她怎么知道的，她对我说，她的婆婆就去看过。好家伙！

"你婆婆看了觉得有效果吗？"我问她。

她在微信上回复我说："我觉得没什么效果，因为婆婆后来还是要去县里看病，而且每次一去就要住院。"

我问："难道县城医院比老神仙收费还便宜？"

村民发了个无语的表情，说道："当然不是，老奶奶看病就两包小苏烟。县城看病开销大，但是现在有医保，可以报销一部分。"

哦，从新农合到城乡居民医保，政策的更替不仅减轻了农民的看病负担，而且对破除封建迷信也发挥了作用。谈话的结果就是，她和我谈起了现在医保的种种，老神仙的"神迹"早已抛到了九霄云外。

苏东坡和鬼故事、她的婆婆和城乡居民医保，这是相隔了800年的不同。东坡先生会祭天祭神，但是东坡先生也懂得未能事人焉能事鬼。对于那些神叨叨的传言，人们终是要看现实的。现在基本可以确定，那些道听途说的神秘事件多半是城里人对乡村的一厢情愿和歪曲注解。人们关注更多的是与自己生活相关的现实法规和政策，而不是那些虚幻缥缈、指天画地的秘术。对于如今这些切实关系群众利害的政策法规，村民的感受比我要来得更为深刻。但是，那些千百年来默默传承下来的另一面的文化，我倒是也想了解，可如今哪里又有那些事呢？

完善农村居民医疗保险制度的思考[*]

——以 L 镇医疗保险为视角

习近平总书记强调:"乡亲们吃穿不愁后,最关心的就是医药问题。要加强乡村卫生体系建设,保障好广大农民群众基本医疗。"农村居民医疗保险制度是乡村卫生体系的重要组成部分,随着以城乡居民基本医疗制度为主体、商业补充医疗保险为辅助的农村医疗保险制度的不断推进,如何进一步完善这项惠民政策仍是摆在面前的重要任务。现以苏北 L 镇为例,分析城乡居民医疗保险制度在农村实施的现时状况,为完善农村地区医疗保险制度,巩固脱贫攻坚成果,做出一些思考。

一、城乡居民医疗保险制度农村实施现状

从该镇的人口比例看,L 镇辖区有户籍人口 4.5 万人左右,常住人口 1.6 万人左右(来源于第七次全国人口普查数据),其中,0—14 岁儿童占 25.65%,60 岁以上

---

[*] 此文章发表于《唯实》2023 年第 9 期。

老人占 25.44％，70 岁以上老人占 12.47％，80 岁以上老人占 4.92％。城镇人口老龄化程度不低，村居一级的老龄化程度更高，大部分人口都是医疗保障的重要群体。

从机构设立看，在 2017 年之前，城乡居民医疗保险由县卫计委（现卫健局）统筹征缴和报销，报销由其下属的合作医疗管理办公室负责，简称合管办。县医保局成立于 2019 年至 2020 年，由原人社局医保处划出后成立。商业补充医疗保险方面，2012 年由民政部门牵头，安康保险作为"爱老敬老工程"开始推广，参保人群均为老年群体。2019 年机构改革后，老龄工作转入卫健系统，同年 4 月 1 日起，征收职责划转至税务部门。

从覆盖人群看，自 2016 年国家推进城乡居民医保制度建设以来，L 镇积极调整原新农合参保人员参加城乡居民基本医疗保险，2017 年底基本完成并轨任务。2022 年 L 镇合计参保缴费人员总数为 37 216 人，其中个人缴费 31 246 人，民政代缴人数为 2 219 人，建档立卡低收入代缴人数 3 147 人，其他代缴人数 604 人，较 2021 年略微减少 0.005％左右。参保率稳定在 97％左右，基本实现了全覆盖目标。作为商业补充保险的安康保险，截至 2021 年，参保人数达 18 224 人次，理赔人数百人次。

从筹资机制和筹资水平看，城乡居民医保制度继续保留原方案，实行个人缴费与政府补助相结合为主的筹资方式。2022年个人缴纳320元，政府补贴640元，门诊报销300元。缴纳城乡居民医疗保险的居民，在本市定点医疗机构看病，门诊全年可报销300元，住院无限制。商业补充医疗保险费用完全由个人缴纳，政府牵头组织，联合保险公司推行，乡村一级普宣，个人自愿购买。

从基金总收入看，总体呈现上涨趋势。2022年L镇城乡居民医保缴费金额为35 147 520元，其中个人缴费、财政补助分别为11 715 840元（个人缴费320元）、23 431 680元（财政补助640元），同2021年相比分别增长了0.1%上下。

从征收方式看，居民医保缴费主要通过三个渠道：微信、支付宝用户搜索"江苏税务社保缴纳"小程序，方便在外务工人员及时缴费；为方便不熟悉线上缴费的中老年群体，全县各农村商业银行网点支持柜面现金缴纳；各乡镇（街道）便民服务中心提供社保缴费专用POS机缴费。商业补充医疗保险通过个人自愿原则进行购买。

二、农村居民医疗保险制度落实落细依然存在短板

主要问题集中在医保报销和商业补充医疗保险两个

方面。

大病保险保障水平渐进式提升，但保障水平仍有提升空间。大病保险是在基本医疗保险的基础上，针对发生大病的患者医疗费用的高额进行进一步补偿的制度，目的在于对农村大病患者实施兜底保障。住院费用达到符合大病保险（商保）的金额，在本市定点医院出院的时候大病保险自动结算。在异地看病有备案手续的情况下，回到参保地报销，大病和其他费用一起报销；如果没有备案手续，报销比例在15％左右。对合规医疗费用或者超过起付线的个人自负诊疗费用，进行分段式报销，医疗费用越高，则报销比例越高。原则上大病保险报销比例不低于60％，但经测算，乡镇大病保险的实际报销比例仅为58％—60％，保障水平仍有提升空间。报销水平渐进式提升体现在，居民医保缴费的部分费用算入居民大病保费，该保费由商业保险公司承担；医保报销分为医保统筹支付（住院每年每人最高可报销30万元的医疗费用）、商业保险（主要承担农村居民大病）、医疗救助、补充保险（农村建档立卡低收入人员、民政残疾人、低保户、五保户等特殊群体才能享受）。2021年，L镇居民人均可支配收入23 007元，如果发生大病，普通人群需要支付1.4万元后，超出部分才能报销，从这一数据可见，普通居民较难承担大病带来的经济损失；低收入、低保户、五保户和残疾人等特殊群体，支付7 000元后超出的部分才能报销，处于贫困边缘群体承担的压力更大。据相关数据统计，2021年L镇人均农村最低生活保障标准为7 320元/年，年收入略高于此的村民发生家庭灾难性疾病支出后，得不到与农村低保户等特殊人群相一致的保障待遇，一旦发生大病，面对高额的医疗费用，即便经过大病保险支付后，自付费用仍是农村大病居民压力所在。

提高缴费水平导致村民实际缴费能力偏弱和扩大医保资金库存量的矛盾。目前，城乡居民基本医疗保险的筹资方式为个人缴费和政府补贴。近几年，政府补贴逐年上升，按理说个人缴费资金也应以农村居民人均可支配收入为缴费基数适当提升，这有益于扩大医保基金库存量，放宽报销范围，从长远看利于降低农村患者医疗费过高的问题，但是从实际运行而言，随着每年逐步提升的个人缴费，农村的收缴压力也在逐年提升。尤其是在老龄化比较严重的农村，这类矛盾更为凸显。有的家庭虽生活困难，但不符合低保、五保等政策。这类不符合享受特殊群体待遇的家庭，有可能交不起每年递增的医保费。这固然与公立医院较少，或是以前没有公立医院的设立有一定关系，但如果实际降低或维持缴费数额，基层财政负担又会加重。在商业补充保险方面也存在这样的问题。如安康保险的售卖对象为 50 周岁以上健康老年人群体，而 50—60 岁身体健康的群体认为没必要参保，70 岁以上年龄偏大的村民收入又较少，且受教育文化水平的局限和理赔手续复杂、理赔金额少等影响，不少人不愿花钱参保。

商业补充医疗保险普及度不高。作为居民医疗保险的一个补充，商业补充医疗保险属于营利性质，以自缴形式而获得，但有三个原因造成补充医疗保险的普及度并不高，实际收效甚微。一是对于商业保险，政府在最大限度地协调，意在群众生病了能享受二次报销，但是保险公司开发的险种都有一定的营利性。据商业保险公司自己测算，一般的险种，比如江苏医惠保 1 号、宿民保，在城乡居民医疗保险整体参保率达到 30% 以上，保险公司才能赚钱。在走访过程中，我们发现，部分群众购买过 158 元/年的江苏医惠保 1 号，但是在实际运行中存在着必须满足住院报销后超出 1 万元以上的费用才可以报销的情况，所以对于未患大病的群众，对此保险的认可度很低。二是商业保险公司的起付线过高，实际难以达到。如 2020 年推广的商业性质宿民保，保金为 99 元/年。L 镇居民许某娟，投保宿民保后患病，花费总额在 4.5 万元，医保统筹支付报销后，自费部分为 2.9 万元左右，宿民保的政策是医保报销后，丙类药品达到起付线 1 万元以上的部分才能报销。经过测算，许某娟的丙类药品费用只有 2 000 多，未达起付线，最终只能通过政府协调，拿到了 1 000 元的慰问金。三是基本医疗保险病种范围不受限制，而大多数商业保险只保部分病种的医疗费，有的补充商业保险不接纳有基础疾病的患者参保，这对于正当需要保险的村民来说，有等于无。

三、多措并举保障好广大农民群众基本医疗

加强农村医疗保险的普及和宣传力度，尤其注重对农村不同年龄段购买医疗保险的差异性指导。事实证明，农村医疗保险对于防止农民因病返贫、因病陷贫具有重要的意义，尤其是作为基本医疗保险的延伸与拓展的商业补充医疗保险，起到了举足轻重的作用。但是村居一级在保险宣传推广中，基本依靠口头宣传、电话劝导或发放宣传手册等方式来介绍优惠政策，方法单一，无法充分调动群众参保的积极性。农村人口整体受教育水平和认知能力有限，保险条款又多半繁琐冗长，作为医保补充的商业保险，在农村人群中认知的印象仍然负面居多。在走访中，很多村民就觉得商业保险条款"猫腻很大"，是"骗钱"的。另外，不同年龄段对医疗保险的效能差异性受到忽视，商业保险的购买一般以购买人年龄段为主要依据，和老年农民相比，中青年农民身体健康

状况普遍较好，收入能力普遍较高，罹患大病重病的概率较小，反而不受待见。唯有注重对农村不同群体购买医疗保险的差异性宣传，因人所需，因人而制，增强预防疾病大病的理念，提高不同贫困人群在面临因疾病导致的返贫风险时的防范意识，才能把农村医疗风险保险到位，普及到位。

建立健全医保统筹机制，方便群众统筹报销，减少保障断层带来的不便。享受保险带来的福利，报销环节的便利是不可或缺的因素。基本医保统筹区管辖，给报销带来不便。医保实行统筹区管辖，二、三级医院分流看病。居民在本地区定点医疗机构住院和门诊都能及时得到报销，在外长期务工人员可以通过异地备案，将个人缴费备案到务工所在地，可以在当地实行报销。有的短期务工人员，如在建筑工地等流动性比较大的人员，无备案记录和无转诊手续在异地患病住院的情况下，无法当场报销，仍需回到统筹区报销。因各地政策不同，在有备案的情况下，门诊特殊病和门诊慢性病有的也无法在外地报销；异地生育和异地外伤也无法在异地报销。除了报销的麻烦外，报销的系统运行也颇为烦琐。在走访中，有工作人员表示，基层经办人员在整个系统运用中，有三到四个系统在共同运作，内外网切换，数据的安全性得不到保证，实际操作也很困难。建议全省统筹，设立和江苏省人设一体化系统一样的医保系统，对于方便群众统筹报销、方便基层医保经办人员一网通办具有积极作用。

进一步完善普及乡村公益医疗互助项目。《中共中央、国务院关于深化医疗保障制度改革的意见》指出："全面建成以基本医疗保险为主体、医疗救助为托底、补充医疗保险、商业健康保险、慈善捐赠、医疗互助共同发展的医疗保障制度体系。"乡村医疗互助制度的完善和普及，对于切实减轻群众重大医疗支出负担、健全低收入人口长效帮促机制具有重要作用。乡村公益医疗互助项目本质是村民共济互助，需要充分发挥政府、社会、个人三方的作用，共建、共治、共享，为基层群众互助帮促探索出一种新的模式。乡村公益医疗互助是对社会医疗救助制度的一种补充和完善，其优势在于契合守望相助、邻里互帮的乡风乡俗。2022 年 3 月，L 镇乡村公益医疗互助项目"福村宝"开始试点，参加项目人员自愿，没有年龄限制，没有健康状况限制，以家庭为单位参保，通过手机 App 即可完成申报、缴纳、申请和报销公示，程序透明。目前已有 15 个村（9 个社区，5 个行政村，1 个养殖场）10 389 人参与，全部资金集中乡镇财政监管，专账核算，专款专用，群众反响很好。此举措对于提升农村医疗保障水平、减轻地方财政负担等都有积极意义，值得进一步推广和普及。

区分城市居民和乡镇居民医保起付线，提高农村医保实际报销水平。农村居民收入远低于城市职工，享受的医疗保障水平也不同于城市人口，面对疾病，尤其是大病的抵抗能力弱。虽然医疗保险体系愈发健全，但总体看，农村居民面对大病、慢性病带来的经济负担仍然压力很大，提高疾病保险保障水平迫在眉睫。首先，当区分城市居民和乡镇居民的医保起付线，大病保险应将政策性倾斜范围扩大为全体农村居民，降低农村大病保险起付线。这对于防止农村家庭灾难性医疗支出具有现实意义。其次，大病保险的保障范围不应局限于基本医疗保险药品目录、诊疗项目目录和医疗服务目录内，也可将目录外的疗效确切、群众必需的药品，诊疗过程中产生的交通及食宿费统一作为大病保险的保障范围，降低患病居民对重大疾病治疗费用的忧虑。最后，便捷农村医保在省内的报销制度。目前，农村的医保可以在省内的城市使用，同级医院的报销比例一样多，但是二级、三级医院的起付线不一样，保险的报销比例也逐级上升。医院的等级影响报销比例，同时还需患者开具转院证明方可就医，对于直接想去省内有优质资源的医院就医手续则比较烦琐。逐渐缩小不同级别医院就医的报销比例，对于农村人口享受优质医疗资源、助力乡村振兴也具有积极意义。

凌晨两点的炮仗声

有天凌晨,突然被一阵炮仗声惊醒!

先是大地红,接着是冲天炮,中间似乎还有麻雷子和二脚踢,噼里啪啦,"炮"了半个多小时。我看了看时间,2:15分。隔着玻璃都能闻到硫磺的气味。是白事,还是红事?我在床上辗转反侧,想着到底是什么风俗,会在凌晨放炮仗。好奇心逐渐胜过怨气,这大半夜的,到底是什么情况?

刚刚又在放。隔着窗户,但见外面烟雾缭绕,人头攒动。心想多半是好事吧!吃午饭的时候问了镇里的老人想知道谜底。

老人和我说:是男方去接新娘,估计新娘家远,凌晨两点出发,出发就要炮仗的。

原来如此,因为爱情!

我家襄水曲,遥隔楚云端。6个小时的车程也阻挡不了爱情。这个时间去接亲,算算时间8点左右能到达,那在路上将要有6个小时左右车程啊!去6个小时,回来再6个小时,来去路上就半天过去了。爱情的模样莫过如此,再远的距离也阻挡不了爱。

巧的是，在早上睡回笼觉的时候，又收到了许久没有联系的女学生的信息，她高兴地告诉我，她做了妈妈，想请我带她已出生的小孩取名字。因为工作原因，她和她的先生也是相隔两地，一年也就有不到 45 天的时间能在一起，她给我说他们已经五个月没见面了……落寞之余又充满着希望。

　　呜呼！甜蜜的爱情都是相似的，相思的爱情却各有各的希望。再远的距离，也阻挡不了爱情，再久的分离，也阻挡不了相聚。这就是爱的力量。想到这里，心中油生欣慰，怨气也烟消云散了。

　　的确，爱情真伟大。

《牛虻》记

这本《牛虻》，是我在去做核酸的路上偶然淘到的。旧书店就缩在路边的商铺里，小小的一个门面，就像牛虻一样不起眼。

在堆如人高的书丛里，我一眼便看见了亚瑟那副带着刀疤的脸！啊，这张脸让我印象太深刻了，以至于时过境迁三十多年，如今看到这封面仍能脱口而出："亚瑟！"

这是我小时候父母看的书，现在还记得妈妈曾满脸神秘地对我说："你记住了，这是牛虻，一位了不起的英雄。"懵懵懂懂的我却始终纳闷，"为什么流氓会是英雄呢？"我缠着妈妈不停地问，妈妈便和我说："这是牛虻，不是流氓，牛虻是叮在牛背上的虫子，这里是英雄的自称。"可是这个回答让我更陷入了一个疑问中，我似懂非懂点点头，于是"牛虻"和这张带着刀疤的脸庞便在我儿时的记忆里刻下了深刻的烙印。

这么多年过去了，我看过不知道多少本书，各色各样的书，但是唯独《牛虻》一直没有读过，为什么呢，捧着这本书时我就问自己，是因为觉得物是人非太落伍了,还是懒得翻起这本革命热情过于洋溢的旧读物?但是找的理由似乎都不能说服自己不再去读它。这本书捧在手里,脏脏的、旧旧的,却好似一块拼图一般,让我迫不及待要把它填进我精神世界那块空缺。

我似乎是记得故事走向的。这张刀疤脸太过深刻了,以至于每一页都让我期待着他情节的起伏,起伏到我震撼,起伏到我泪目。每天我都会翻几页,有时候竟然全然不顾屋外的杂音,脑海里逐渐清晰起一个线索:英雄,必须去经历苦难,哪有舒适窝里的英雄,英雄不是都站在阳光下的……随着心跳的加速,故事终于一步步走向完结,读得我心潮起伏,读得我久久难以平复。

为什么三十多年过去的我,竟还会有这样的感触……

这里面有对岁月的告白,也有对英雄的敬佩,还有对当下的自勉,当然,这里面更有对如今安于现状的惭愧。我相信每个人心中都有一个亚瑟,就如同每个人心中都会有一个保尔·柯察金一样,英雄主义的情结岂能在和平年代就悄然淹没了呢……

"不管我活着,还是我死去,我都是一只牛虻,快乐地飞来飞去……"

现在,同样需要这样的精神啊!与其他驻村书记共勉!

情人节趣记

  中国人向来不太喜欢 4 这个数字,我上课的时候曾和学生说过,不仅是现在,就连古代人都不太喜欢的,最有力的证据就是为了避讳这个 4,把春夏秋冬强行加入一个"季夏";把东南西北强行加入一个"中土",4 这个数也成了凶数,不知道是不是谐音梗,但事实就是人们很不喜欢 4。有趣的是,到了 2 月 14 日这一天,却很少有人在意这个不吉利的 4 了,谐音梗铺就了美丽的红地毯,西方的宗教背书也成就了美丽的红玫瑰。爱情终于得到了明目张胆地宣泄,似乎在这一天不谈及爱情,就不配拥有这一天。

  爱的表达不该是随时随地吗,为什么非要等到这一天呢?有人会神秘兮兮地告诉我:"这是属于情人的节日,爱情可以也应该是随时随地,情人却不能做到这么明目张胆了,所以要单列。"哦,原来是这样,仔细想来还真是这么回事。我还特意查了一下"情人"的概念,虽然有广义狭义之分,但还是强烈掺杂了"无法予以正式名分或承诺的人"的符号。所以,且不说情人这个词的褒贬之争,有着这种暧昧且危险的内涵,怕是谁都不愿意摊上并不能高调的名分吧。

但是事情总有例外。记得还在我上学的时候，曾听长辈说过一件趣事，有一位领导特别有意思，在很多社交的场合总会用一些不同的身份介绍自己的妻子，听说有一次在酒席上，他向其他宾客介绍说："这位是我的秘书……"第一次见到的人赶紧作出讳莫如深的表情；结果第二次在酒席上却听他介绍说："这位是我的女朋友……"知道的人哈哈大笑，并不戳穿，却苦了不知道底细的人，苦苦寻思强装镇定；结果第三次他就正式介绍了："这位是我的情人……"可想而知这个人听到后的表情。

为什么不直接说这位是我的爱人呢？可是为什么要说是自己的爱人呢？从秘书到女朋友，再到情人，原本正经合法的关系却被自己描绘成了暧昧且不合法的关系，也许正是这样一种别具一格的念头，让这原本平平淡淡的婚姻有了剑走偏锋的情趣。妻子想必也会享受着这种"危险关系"——关系越是危险，多巴胺分泌得越多，就像 3D 过山车一样，眼花缭乱天旋地转，却不用担心被甩出去。

当时不明就里，如今却深谙其趣。如果我对妻子说："你是我的情人"，她肯定会嗤之以鼻。可以一本正经地说"你是我的妻"，却不可以一本正经地说"你是我的情人"。情人的概念本是不能明说的，它存在于心照不宣中，存在于耳鬓厮磨中，双方都不戳破能体会到其中的乐趣，直说了却有旧爱复燃的情趣。

旧爱复燃还好，苍白无力却是致命的。这就是另一种情况，本就是情人，这俩字就是"致命"的。西施可以说自己丑不愿意出门，东施说出来就是致命的。情人这一称呼就是如此，说出来就是揭开伤疤——爱而不得、爱而无分，就像生而不得、死而不得一样，梁祝化蝶，罗朱共死，似乎爱而不得的结局总会是悲怆的。所以真正的情人关系反而更是不敢提这两字了。

这又让我想到另一个故事：一个朋友和女友恋爱了7年，女友每次表达想结婚的时候，都被他犹犹豫豫地拒绝了，结果有一年的情人节，当他双手捧上99朵玫瑰的时候，女友果断地拒绝了，她的理由就是不该情人节送她玫瑰，她要的是妻子的名分，不是情人的名分。

受几千年中国传统文化熏陶的我们，对待名分总是这么的严肃。名不正则言不顺，言不顺则事不成，有了名分，做情人是爱情甜蜜的表现；没有名分，做情人就是人生屈辱的一种。如此想来，真正能享受到情人节乐趣的，都是名正言顺的"好色之徒"，反而真正的情人关系，却是一天无尽的尴尬。

落笔至此，情人节，还是改名叫"爱情节"比较好啊！

刮胡刀的救赎

昨天在宿舍刮胡子，刮出了血丝，用了一年的刀片，终于该换了，说"救赎"吧，还真是保全了我的脸。

说到刮胡刀片，还得从高中说起。在一次班级聚会后，班主任看着我的照片说道："你现在胡子也出来了，开始要刮刮胡子了。"我莫名其妙地嗯了一声，因为在这之前，从没想过有一天我竟然要刮胡子，竟然还要用刮胡刀！

在放学的路上，同学神秘地对我说："我早就用了。"我真的立刻就佩服起他来，因为在我看来，刮胡刀也是刀！这是小李飞刀的刀，这是宫本武藏的刀，男人有出息了，必须要有一把属于自己的刀！于是带着羡慕和虚心，请教他怎么用。

他认认真真地给我说着他用他爸爸的刮胡刀刮胡子，我"噫"了一声，说道："你怎么用你爸的东西？"在我心里一直认为刮胡刀就像毛巾和洗脚盆一样，应该各人各用才对啊，何况还是刀！

我现在眼前还能浮现出当时他的表情，他甚是气愤地回我道："做儿子的怎么能嫌自己爸爸的东西不干净呢！"

我有如顿悟，儿子的成熟自然离不开老子。老子是标榜，是尺度，是传承！怎么能将二者割裂呢！于是似乎从那时起，我也和爸爸共用刮胡刀，直到我糊里糊涂地有了一把真正属于自己刀！

20世纪90年代都是用肥皂涂在脸上后再刮胡子的，胡子经常会被刮破，后来索性就不怎么刮了，胡子拉碴的就被同学笑话。那时候在班级里，大家似乎隐藏着一种心照不宣的风气：胡子意味着性征，性征就绑定着性！刮胡子就意味着对性的关注，对发育的宣告！你可以笑话别人刮了胡子，但绝不能提自己刮，似乎没人愿意厚着脸皮宣告自己正在发育，所以大家在球场和书本上默默用力，在家偷偷刮胡子。

越是这样闭口不提，越是让我觉得意义重大。刮胡子就意味一个男生的蜕变，一个男人的诞生。男人的诞生不在床笫之间，不在沙场血溅，而在镜子前，拿着刮胡刀，开始对自己动手那一刀间。这是对自己性征的肯定，更是对自己压抑的救赎。

这一刀始于对自己性征的认同，终于那刀刀稳妥、不沾血迹而潇洒的收刀。而在这刀起收落的过程中，面对镜中的自我，全新的认识就会一幕幕在心底拉开——男人就是从这些时刻开始逐步认识自己的，也是从这一刻起，属于每一个男人的星光闪耀时，在心底、在嘴角就开始不动声色地熠熠发光了！

我想起大学时的一件事：有一次我和电视台的一位主持人去教室旁听专业课，班长提前得知了这个消息，就开始在宿舍刮胡子。那个时候没有啫喱也没有泡沫，我就记得他用香皂在脸上抹，再用干涩的刀片开始一遍遍地刮。血丝可见，他也不在乎，最后贴了一张邦迪，"会见"了动人的主持人。我当时就震惊了，觉得他为了求偶真是拼了。他说："伤口总是比胡子更有男人味。"果然，他给那位美丽的女士留下了深刻的印象。

不知道是不是那样的印象太深入我心，所以刀片在我这里久久不舍得更换。对老刀有了感情，舍不得弃用，在妻子看来，更添了一丝惆怅和沧桑。我刮着涩涩的疼，刀痕之后留下的却是血性。所以每次想换的时候，看到几百一盒的刀片又让我觉得有如缴械、可有可无。

可是终不能真把老脸刮破。所以在昨晚，我舞着新买的刀片，感受那丝丝入滑拂过脸庞的触感时，好像一切烦恼都可迎刃而断。我想对远在南京的妻子说：一个崭新的我又来了，一张帅气的脸又来了。

也是在这刹那间，我好像掉入了时代审美预设好的陷阱里，我不再能想象自己挥舞的好像宫本武藏那样刀起刀落的禅意，而是在韩炳哲所批判的"美的救赎"的当下，一个血稍嫌冷的老男人终究还是被丝丝平滑打败了。

让我欣慰的是，在哲学家看来，这看似平常的"失败"，却是"美对当下的救赎"……

被当成了别人的一忧一喜

以下是朋友和我说的经历,颇为有趣,特记之:

某天在等女儿的时候,突然被人拍了一下,我转过身,看到一个面若桃花的女子,笑盈盈地望着我,对我说:"嗳!"

我有点意外,还未开口,便听她对我说:"不是说180吗,怎么这么矮!"我懵了,然后,她看了一下手机慌忙说了一声对不起便溜走了……整个事情发生不到一分钟。

回家后和妻合计了一下,感觉小姑娘应该是网恋奔现,把我错认成了别人!我当时在等女儿,可是夹了本杂志。

妻笑着问我是不是颇受打击,我对妻说:"指摘我矮,是伤心的事;但被人误会还在网恋奔现的年纪,也着实令我愉悦!"

朋友笑得很纯真,我也被他感染了。这样的好心态,值得记下。

还好，此刻的我在成子湖上

——读谷崎润一郎的《西湖之月》

1918年某夜的西湖上，赏月的谷崎再次撞见了白天偶遇的美少女。

美少女让其心动，只是这一次，青瓷素净的美少女却成了一具洁白晶莹的尸女，静静地横卧在水草上……

是谁遇见都会毛骨悚然吧！可是，在谷崎的笔下，我们却看到了斯人物哀的另一幕：

谷崎探出船外，将自己的面部凑近，悲伤凝注着死去的美少女的脸……那一刻，时间仿佛静止一般，月光洒下，幽玄透澈，却也分外凄美，无尽哀怜！

我不禁去想，是什么样的心境，才会有如此举动……换作是我，又会如何？

西湖之月，最后落笔于人，却也将红颜照映得胜若在世，转折令人艳诧。闭上眼睛，这一幕久难逝去！

我品过西湖的佳肴，赏过湖光的月色，荡过湖上的小舟，心旷神怡，耳闻目见，如今荡漾在龙集的成子湖上，依然身载风华，不亚于西湖沐月。但我知道，我在乎的不是湖，更不是月。

湖水时时都有，月色常常都在，只是荡漾在湖上、沐浴在月中的人却不常有。西湖之月，不在月，而在人；而此刻的成子湖上，有月，也有我。

照片为写这篇文章时所读的书

春天来了，向你告白！

阳春、鸟语、花香……很多语言文字，会让我们感触到春天。今天却有别样的表述，让我浓郁地领略到春的气息。

事情的经过是这样的：

老杨来我宿舍唠嗑。还没坐定，便和我说：现在鲤鱼泛滥，一罩一个准。我说："是撒网吗？"那是技术活，我见过。老杨立马纠正我："不是撒网，是罩鱼，网是上面小下面大，先用水滋，找到窝，往湖里一罩，就全是鱼！"边说边用手比划着。

我有点疑惑了，罩，怎么能罩到鱼？我还是第一次听说，于是我问他："鱼不跑吗？"

他"哎"了一声，说道："鱼，怎么能跑呢，都在咬子，跑不掉！"

咬子？于是带着强烈的好奇心，我便问他什么叫"咬子"。

老杨看我问，便有点不好意思地笑起来，说："咬子就是鱼交配，现在春天正是交配的时节，公鱼咬母鱼的下面，子就出来了！"老杨说完便笑起来。

我脑海里立刻就浮现出鱼儿在一起互相胶着生动勃

发的图画！我也笑起来了，老杨看我笑，便对我说：

"你们城里人不懂这些黑话，各个畜生的交配我们都有不同的叫法！你不懂是自然。"

我哪能放过这个学习的好机会，于是在我一再追问下，他便也不再推脱，掰着指头，一个个告诉我……

于是我才知道，在我们这儿，猪发情，叫"刨窝"；狗发情，叫"走游子"；羊发情，叫"叫羔子"；猫发情，叫"叫窝"；鸡发情，叫"弹绒"，也有人叫"踩蛋"；马发情，叫"走驹"；牛，分水牛和黄牛，水牛发情，叫"起瓮"；黄牛发情，叫"走犊"……

我中途打断他几次，忙不迭地拿纸笔来记，认真地考据文字，老杨看我一本正经还记录，更是哈哈大笑，问我记这个干吗！

同样都是生命的延续，在这里，各个物种却有不同的叫法，形象且生动，含蓄又直白，这是农村的畜牧经验，更是乡村的语言艺术，透过这些语言，我强烈地感受到了生命的勃发，天地间的生生不息。我对老杨说："三年的疫情，终打了胜仗，又恰好在这春暖时节，这些词语，是对春天的告白，更是对生活的热爱啊！"

我看着记下来的"黑话"，哈哈大笑！老杨看我这样也跟着笑，旁人从我宿舍门前路过面带不解，他们一定不知道，那一刻的我们，是在向春天告白啊！

老 杨

　　中午在看书的时候,老杨来了,给我带了四盒诺氟沙星,一瓶布洛芬。

　　一直都是我给村里送药,却没想到他给我送了药来。这是因为我昨天告诉他,我吃了辣,闹了肚子。这不是老杨第一次用他的盛情陷我于难却了。

　　有一次,老杨瞒着我,把我的自行车里里外外擦了个透净,还不顾一手的油,给轱辘抹油,他对我说:"这回肯定好骑了,你试试!"结果,本来想开车去村里的我,那一天不得不来回骑了 40 里地……

　　还有一次,听说我在养蚕,天刚蒙蒙亮,我还在被窝里呢,他就来把门敲得砰砰响,要带我去村里"只有他知道的一片桑林",去摘"新鲜的大桑叶"……

　　还有一次,他拎着一条大鱼硬要塞给我,鱼在袋子里扑腾,我推去不要,他又递过来,来来回回,我和他的裤腿都打湿了……

　　不可否认,老杨的热情经常成为我的负担,好意难却。有时候,为了躲避他的邀约,不得不把自己关在卧室里,装成不在宿舍的样子。然而,有一次我却高兴不起来，当面说了他。

我有中午健身的习惯，在村里也是如此。每每健身后，大汗淋漓，见身旁无人，便会索性脱了个精光。有一次门忘记反锁，正练到兴头的时候，老杨突然大大咧咧推门进来……

论年纪，老杨大我很多，又是男性，见到我的裸体，我不该害羞才是，可是猛地被人见到一丝不挂，还是尴尬和愠怒的。老杨似乎也懵了，"哎哟，怎么光着别着凉呀"！他结结巴巴，眼睛不知道往哪里放。（那场景我现在都记得）

我口气不好，当时脸色肯定也很难看，说他你怎么不敲门就进来了。老杨发觉了我的不悦，尴尬地抠着手，似乎也有点儿生气，在原地嘟囔着什么，我没听懂。后来我才知道，他请了人来修我房间隔壁卫生间下水，特意赶来提前和我说一声……

几乎每次食堂开饭，他都会吆喝我。几天没来，也要打电话问我什么时候到。甚至我多久没来，几天几夜，他都能说得半天不差。我时常会想，在这里，被人这样"盯"着，我倒宁愿成个透明人那才好啊！但是我也会对妻说："在他眼里，说不定也把我当作他的孩子吧。"

村里放心我，因为有他在我身边；镇里放心我，因为有他在我身边；妻放心我，似乎也是因为有他时刻在我身边。可是我自己呢?

　　点点滴滴的事情就这样过着,有的印象深刻,有的暂忘了,我还在这里驻守,陪着时间流逝。我想,只要我还在这里,我一定不会拒绝老杨待我的好意,哪怕是让我再骑上40里地,裤裆磨破了,我也愿意。

照片为和老杨同志拍摄于洪泽湖畔

老太守的棒喝

读了苏轼传,老太守的棒喝让我颇有感动。

苏轼在凤翔任职期间,曾遇到一位刚正不阿的老太守。这位老太守军人出身,军队的磨砺使其对自己和他人要求甚高,一丝不苟。据说,他的部下面对万箭齐发,都不会躲藏。如此间不容息一板一眼的领导,对上才华横溢散漫疏懒的苏轼,自然是针尖对麦芒利剑对刀刃。二人时常针锋对骂,闹得很不愉快。

除却二人风格迥异之外,据说两人的不合的原因,一是老太守总是修改苏轼写的官文,二是老太守经常让苏轼候着而不立刻接见。

风格迥异的两人在一起,或可互补,或可对立,前者相得益彰,后者水火不容。绝非一种可能,倒是后两个原因值得推敲。

文章身上肉,他人休得食。每个人都不喜欢别人修改自己的文章。想来我也曾有这样的经历,一篇论文出刊在即,编辑让我修改增补,我断然拒绝,以至于永久错过了见刊的机会。如今想来也不后悔。那种被人删改的痛苦宛如挖肉,苏轼"是可忍孰不可忍也"。

老太守经常让苏轼候着而不见，这也值得玩味。

前一矛盾，随着时间流逝，苏轼自然体会得到老太守的用心良苦。因为官文不是苏轼的官文，更不是他的散文，哪里容得了他信笔由缰。老太守的删改也不是否定苏轼的才华，而是在苏轼的才华上修补出官之所见，说白了，是群之所言，而非私家之言。所以之后的《凌虚台记》，即便苏轼在里面夹带了私货，老太守仍只字不改，存其文笔。

后一矛盾，老太守行不言之教，循循善诱，但不比佛印的禅机，苏轼个人又一向迟于顿悟，哪里能立刻明了老太守的苦心？所以，老太守的迟而不见，本想换来苏轼性子的磨砺，未曾想换来苏轼的恼羞成怒，不服管教。长辈经常会用自己的方式来教导年轻人，这些方式未必说教，但很多时候面对的却是倨傲与迟钝。这类似斗禅机的教育方式，虽然很多时候被蒙在皮子里，但是骨子一旦被人顿悟，那效果有如棒喝。

事实证明，日后的苏轼也体会到了老太守当年对他的喜爱，也多次表示过对自己夹带私货文章的悔意。苏轼的悔意肯定也打动了老太守及其家人：老太守的墓志铭是苏轼执笔的，而且日后老太守被人嫁祸，敌人想借其子之手来暗害苏轼的时候，反倒成就了陈慥和苏轼的千古友谊。

每每读到这里，身上总会泛起涟漪。

苏北的梅雨时节

苏北的梅雨时节让人爱恨交织。

爱,爱其扫污除垢,雨过皆净;恨,则恨其闷热黏腻,湿湿答答。

开空调冷,不开空调黏,浑身仿佛涂了胶水,黏黏糊糊,擦拭不掉。

可是,大雨之后,翠绿欲滴,空气中又久久弥漫着土的气息,人们如释重负,仿佛关了个半载,心中清喜,出屋走动或纳凉闲聊,鸟虫也欣喜出关,叽叽喳喳。

与天地自然的清爽相比,个人的腻歪又算得了什么呢……

今日看书有感,魔沼和谷崎

看完了魔沼就继续看谷崎,真是有意思:乔治桑是展现善来呈现美,谷崎却是展现魔来呈现恶,只不过这种展现在谷崎的笔端却呈现出异样、扭曲……并不可思议地拼凑成了一种美!不,不能称之为美,而是艳——艳的令人窒息,艳的难以移目!

谷崎润一郎,是反战的,正是处在那样的大背景下才催生出这样极端的审美吧。芥川、川端、三岛……皆是不疯魔不成活的人呀!

我忍不住想到孟子的话:动心忍性,曾益其所不能……要善待我们身边疯魔的人。

有德者不貌相

屋对面楼下常停电动车一辆,报警器尤喜夜顷而作,如电话铃声骤静骤叫,或朝而始。

至一日,不堪其扰。余朝班之时得一过,搬过一次。适又在楼下警。我下楼问门卫。门卫怒掷香烟,直指车怒曰:"吾不堪其扰久矣!"遂共移之。余谓安曰,以掷草中耳。门卫曰:"不可。移大门,使车主觅,知其弊也。"

吾难平,门卫长相甚凶狠,知人弊却婉谏,不噬之以暴,可谓有德者不以貌相耳!

照片为那时所读的闲书

晚间的对话

——由蒋勋、查泰莱夫人的情人、禅宗的空无所引

我发了一段禅宗的视频,你说看不明白,我便看了你发给我的蒋勋的文字(为了不引起争论,此处省去书名)。写得很好啊。问题在于,不惑之年的我,读到之后感同身受;但如果时光倒流20年,说不定我会把这本书扔到一边,继续做我想做的事。

审美的时候,尤其是对爱欲的审美,还是务实一些好。为什么会这么说呢?美的概念在哲学和美学领域一直有着悠久的争论历史。有人说美是唯心的,它不存在于物体的本身,而是存在审视者的心中;有人说美是唯物的,与物质世界人的物理属性有着直接的联系。而辩证唯物主义则认为美是主观和客观相互作用的结果。审美是唯物的,也是辩证的。正如爱脱离不了主观,欲也脱离不了客观。我曾和朋友说过,如果按照物质和意识的辩证关系来看,欲望的本质就是物在前,意在后——身体的存在和经济基础决定意识层面的爱或是欲。所以,尤其在一个人壮年的时候,当"肉体"这个客观存在正在绝妙物质地受人瞩目

的时候,爱情的力量绝对难以避免肉身的自然和首位的吸引。这就是如今人们"觉醒"的"生理性吸引"。可是随着年龄的增长,身体的衰老,精神层面的爱则会越发重要起来,对物质的反作用也会愈来愈强大。所以对一个年富力强的年轻人说教"爱欲的美学和崇高",就如同对流浪汉说"让星巴克咖啡和书陪伴我们度过这美好的盛夏午后吧!"流浪汉体察不到,只会不解地看着你说:"啥玩意呢!"这是何不食肉糜似的相互鸿沟。只有到了一定年龄,才能体会到蒋勋说的从美学的角度阐述的情与欲的高度;而且,如果没有经过长期美学熏陶的人,即便到了一定年纪,也未必能体会到这种"审美的高度"。美学家们往往是站在美学的制高点俯视我们。这种不对等,会让我们对接收到的信息和我们自己都感到不安。

生活中很多时候,与其精神上努力去体验这种意识层面的美好,不如酣畅淋漓翻云覆雨的一次实践更直接有效。因此,在允许的条件下,实践总是直命要害,而且,实践终是回避不了的问题。因为实践的本质是物质的第一性,是实事求是,是真实而不是臆想,是主动地改造,改造环境,也改造自己。这就让我想到另一本有趣的书:《查泰莱夫人的情人》。书写得好看,写得唯美。可是问题在于这只是存在于想象中的一种假设,是文学作品,来源生活却是高于生活的,直白地说就是杜撰的、想象来源于实践,却不是实践。所以,用康妮和守林人的经历来解读爱欲,就免不了走偏。和学术界永远不会认可瓦西列夫的《情爱论》但是会肯定弗洛姆的《爱的艺术》一样,"真实"才是真理的基础。我们会想,现实中会有查泰莱夫人这样的情况吗?两个不同文化背景的人苟合是有的,但是绝不可能出现这种唯美的近乎完美的经历的,绝无可能。所以很多人说《查泰莱夫人的情人》是在批判工业文明对人性的压抑,是资本主义社会的虚伪荣华,可仔细想想,其中就没有劳伦斯的"凡尔赛"、没有对资本主义爱欲观的讴歌吗?性无能的丈夫允许自己的妻子找一个门当户对的情人生一个孩子,还能继承自己的家业——哪个社会的人能允许这样?劳伦斯的凡尔赛就是:除了原始社会的纯真,那就是资本主义的"自由"了。但愿没人会被这种"爱欲真伟大"洗脑。对这本书的评价很难过高。

  关于"洗脑"的问题,我想说的是,如果书里的描述给了"爱欲"恰是能脱人于苦海的命题,就极有可能会被洗。可是,出了苦海又入深坑呢?怎么办?有一种办法就是用美学去美化它们。所以,对操弄"美学"的文人,始终都应该保持着警惕和距离。我越是能感同身受他们的细腻,我越是不会让自己贴附过去。我太了解自己,也太了解他们,因为我知道,自己这样有时候就是虚伪的——明明都是平日里的东西，为什么要用"高大上"的词语去修饰它、粉饰它？明明就是赤裸裸的"人性"，为什么要把它说的那么无与伦比天花乱坠？就好像我们都离不开吃喝拉撒，为什么我们没有把吃喝拉撒上升到美轮美奂的高度？饮食男女，食色性也，都是无时不有、无处不在的，为什么要刻意标榜和突显它们呢？在我看来只会有一种结果：就是让人满怀期待地走来，心甘情愿地扑进这种可能随时会带来失望和危险的床笫之讳。

满怀期待地走来，就会开始思考诸如："有性无爱，是不可能美，也不可能让你觉得好，它无法带给你真正的愉悦感，幸福感"，此刻，再美好的两性关系也难以去体验了。爱欲本身就是质朴的、不能去定义的，这就好似禅宗空的道理：知其有而仅有，知其空而有无。满怀期望地体验，就很有可能从一个坑再跳入另一个坑……

所以，对这些事，不要美化，不要忽视，就是这样的存在，知其危险知其美妙即可。这不是废话，这就是刚刚那段视频中对禅宗哲学的一种概括："看那看不到的东西，听那听不到的声音，知那不知的事物。"看到听到知道，不要去刻意，不要去执着，更不要去粉饰。真的做到了，才是最便宜的，真的做到了，才是平凡的"空"，才是平常的"无"，才能经意或不经意地拿起，才能淡定且从容地放下。

回忆小时候的暑假

宿舍窗外热气腾腾,仿佛鼓着一个大气泡。因为太热了,行人也少,空气中弥漫着懒洋洋的气息和知了的叫声。这幅光景经常会把我拉回到儿时的暑假。

那时的快乐既简单又奢侈,直到现在还记得清晰。

拿到暑假作业,是令人兴奋的。因为再多的作业也意味着暑假的来临,可以不用去学校,可以约上好朋友一起出去探险。或是和家人、同学坐在电视机前,一杯可乐,一盘卡带,叫喊着去拯救世界。快乐是简单的,却可以消磨一天。但也奢侈,对于我来说,当玩游戏机被大人禁止,大多数的时候都是在阅读中,在脑海中去构建那些奇乐世界,去冒险,去体验。

意识的世界是无限大的,记得曾看过一本关于埃及金字塔的探险小说,结果很长一段时间,我都徜徉在沙漠里,在烈日下,在口干舌燥中,在不断出现危机的冒险旅程中,以至于小说最后的情节寡然无味,想着自己去写一本故事。现在回想起来,那时是多么的富足!

记得有一年的暑假,别人借给我一盘游戏带,便想着去表弟家一起玩。我拿着那游戏卡带,走过绿树荫荫的梧桐树下的时候,那份期待与激动,直到现在都时不时出来抚育着我。那时候的情景历历在目:屋外非常的热,热到似乎眼前的物体都开始变形,同时也安安静静,人们都躲在家里避暑。那个时候的我和手里的游戏卡带似乎就是整个世界,我要去完成一个极其有趣的任务。

如今的我一个人在驻村,经常忍不住联想到那分快乐。虽然不能坐在电视机前,喝着可乐,玩着游戏机,和表弟去拯救世界,但是尽己所能去帮助别人,发挥自己的能力去改变乡村的一点点面貌,这样的成就感可不是在像素世界里拯救世界所能比拟的。

照片为宿舍内的写字桌上

孔子的"仁"与老子的"不仁"

今天在食堂,有位善于思考、经常会问我问题的同事问我:你说孔子的仁是情感的真实流露,本质就是人的自然。为什么提倡"道法自然"的老子却说"天地不仁"呢?这不就自相矛盾了吗?

我惊艳于他的思考,想了想还是决定写下来。其实并没有矛盾。只不过这里老子反对的是孔子对仁的主张和宣传。

老子认为天地是本真自然的,对万物和百姓都是真实的表露,像对刍狗一样,这和孔子所说的仁的价值追求是一样的。他反对的是儒家倡导仁。因为,在老子看来什么东西都不要去倡导,一倡导原本的东西就变味了。老子说:"天下皆知美之为美,斯恶矣;皆知善之为善,斯不善已。"那儒家倡导仁,在老子看来自然也是"天下皆知仁之为仁,斯不仁已",就像一个风景名胜地,如果都知道这里美丽去开发,反而充满了铜臭气;都说网红脸好看,结果都去整容,反而不伦不类。

不是说仁本身不自然、不真实,而是去宣传、去仿效，结果反而会背离初衷。

所以孔子提倡的仁本质也是自然，是人的自然；老子说的不仁，也是自然，天地的自然真实。只是老子反对儒家去为了追求这种自然而自然，那是模仿作秀，沽名钓誉，不是自然了。

孔子其实也发现了这个问题，但他称呼这种打着仁的旗号去"为仁"的人是"乡愿""德之贼"。至于这样的人，则希望大家都别碰到。我把这些文字写予他，希望对他理解"仁"、理解他人会有所帮助。

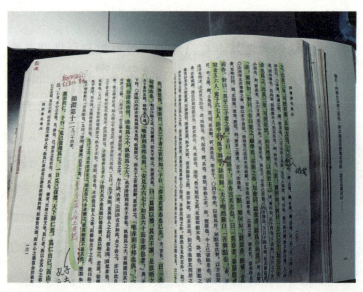

照片为闲日里所读的书

写的不会是我吧

晚上和一朋友聊天，侃侃而谈之时突然眼前出现了"罗亭"，吓得我赶紧闭上了嘴！不能夸夸其谈啊，不能做罗亭啊！我在心里对自己说……但是仔细想来我又何尝不是？

看完《阿霞》，我觉得我就是恩恩；看完《木木》我觉得我就是西姆；看完《罗亭》，我觉得我就是罗亭……文豪一次次揭我短处，200年前说不定我就住在屠格涅夫的隔壁，写的不会是我吧！

人之患，在好为人师呀！

照片为作者收藏的屠格涅夫全集

渔民上岸，这方水土这方人[*]

2021年我来到了龙集镇。听村民说，龙集本是座岛屿，之后填湖造路才和周边连在了一起。如今龙集三面环水、一川风月，沐浴着洪泽湖的恩泽，是名副其实的苏北水乡。村民对洪泽湖感遇不忘，在我刚到村里的时候，就力邀我去观水。看着浮光跃金、一碧万顷的湖水，我压根没料到洪泽湖会以如此质朴无私的方式展露着她的浩苍，可是，在惊叹之余我却发现，本该渔歌帆樯的湖面竟然连一艘船都没有，在靠水吃水的水乡，这不禁让我大惑不解。

龙集镇河口居的村民和我说，早年这里的家家户户几乎都有船，有渔业船舶资证的村民更是不在少数。龙集人出生伊始就受着洪泽湖的滋润，河口人更是饱受其泽。村居的码头常年船舶济济，从富饶的湖水里带来各式"宝贝"：鱼虾、莲子、菱角、螃蟹……这些特色的水产不仅富饶了这一方的水土，更滋养着这一方的人。

可是大自然总会以她特有的方式警醒人类。伴随着

---

[*] 本文发表于《群众》杂志，2023年第2期。

渔业生产力的不断提高,过度捕捞成为危及洪泽湖生态的主要问题。鱼类小型化、低龄化日趋明显,鱼群种类也不断减少。据相关统计,洪泽湖10公斤以上的大鱼几近绝迹,湖区鱼类仅发现52种,比历史鱼种减少40%左右。"水生基因库"危机四伏,生态改善迫在眉睫。

2020年10月10日,洪泽湖全面禁止捕捞作业,捕捞许可证被收回,禁捕退捕正式开始,属于龙集人的营生行当遭到了前所未有的截断。渔民不再允许捕鱼,家里的渔船都不可以再下湖;有的渔家传承几代,如今退船失业;有的以船当家,岸上房子都没有……渔民上岸,一方人又如何保护?以前闻名遐迩的水乡龙集,会有多少人居无所安?禁捕退捕面临的抵触会有多大?一些模糊的数字又有多少?如今,寒风凛冽的湖面早已不见渔家踪影,浪花拍打着芦草,好似催促着我快去了解。

很快我见到了镇里负责这项工作的吴书记,他和我聊起了禁捕退捕的相关情况。我难掩担忧,他却笑着对我说:"以前捕鱼各种网目大小不一,覆盖深浅不一,大鱼小鱼一起抓,有的甚至违法用药用电涸泽而渔……这不是我们龙集人应该对待母亲湖的方式。如今有序禁捕一年,有船行驶,鱼儿都会自己跳上船呢!"谈话间,他拉起我,"走,我带你去生态牧场看一看!"

我们骑驰在牧场的小路上,两边各是载满作物的土地和湖塘,我叫不上名,他向我介绍:这里种的是碧根果,中间的一片是稻虾共作,那一片是荷叶养殖,最后还不忘交代一句:"浇灌它们的水可都是来自我们的洪泽湖啊!"我心中感触:"康复中的洪泽湖正以这种方式报答着他们啊!"

在牧场吴书记和我说:"禁捕退捕就是保护生态,保护自己。针对非法捕鱼,我们采用了多种措施,如协助驻镇渔政、公安等部门不定期对湖区、市场、酒店宣传巡检,收缴销毁非法渔具;对'三无'船舶实行编号喷码,实行区域停泊监管;协令辅助渔船和养殖作业船只签订不从事湖区捕捞承诺书,有效抑制了非法偷捕现象发生。"

我突然想起听村民说过,镇里还曾抽调16名同志成立了专业护渔队。"对,他们都是从各个村居挑选上来的思想政治过硬、年富力强、适宜水上工作的同志;护渔队对宣传政策法规、加强常态化巡查发挥了很大作用!"

吴书记似乎看出了我的疑惑,笑着说道:"你是不是担心禁捕了,就吃不着鱼虾了?放心,我们所说的全面退捕不代表常年禁渔,而是科学制定生态规划,有序推动水产品经营体制机制改革。目前镇里投资了40余万元,在4个有条件圈养水产品的村居运行生态牧场!"

听到这里,我不禁改观了对禁捕退捕的看法,但另一种不安又悄然而生,我问吴书记:"渔民上岸,镇里又是如何安置的呢?"话音未落,一座高耸的大风车突然出现在我眼前。风车好似巨人一般在有如垛口的堤岸边驻守着,我仿佛感到自己正站在一群人中,咬定牙关握紧长矛,决然地冲向他去……

在禁捕退捕案例中,我看到了令人动容的一幕:一位十多岁就跟随父亲在洪泽湖上捕鱼的老渔民对工作人员说:"鱼逐年减少,捕鱼已难以维持生计了,虽然舍不得这张网,但我依然支持政府的举措。"禁捕的前一天,他最后一次在湖上撒开了一直伴随他的渔网……浩瀚的湖面和如洗的天空,被它们占据着内心,这里的人也拥有着同样广阔淳净的心田啊!保护一方水土,更要保护一方人!

帮扶上岸渔民转产转业,是禁捕退捕顺利开展的关键。据统计,龙集镇有1 911人录入长江流域禁捕系统,其中有就业能力和意愿的有1 397人,已安置渔业产业就业的有581人、企业吸纳142人、公益性岗位安置11人、自主创业487人,基本完成了转产帮扶。下一步可依托省级万亩水上牧场的产业优势,鼓励村民成立水上牧场合作社,让其参与水上牧场的经营管理,挣取工资又有分红。据相关统计，加入合作社后，年人均可增收2万余元，是渔民转产的优路之选。

让上岸渔民享政策有保障，是解决渔民后顾之忧的有效举措。通过发放政府贴息创业贷款、补助救助特殊渔民、帮助渔民缴纳保险、纳入社保等政策帮扶、兜底保障，让上岸渔民渡过难关，没有后顾之忧。据悉，龙集镇共计发放贷款金额1 119万元，并且将专业渔民中需要纳入社会保障的退捕渔民1 121人全部纳入社保，同时为16户退捕渔民发放临时救助共31 770元，让上岸渔民切实感受到党和政府的温暖。

让无房渔民上岸有房，是不容忽视的民生实事。尤其是通过拨付购房补贴帮助无房渔民安居，是让无房渔民安心上岸的暖心举措。据悉，上岸的渔民中，除了2户通过外县购房和租房完成自主安置外，仍有16户渔民岸上无房，政府通过拨付购房补贴资金，对每户进行了3万—4.5万不等的补贴，如今，16户无房渔民皆已购房，补贴完成率100％。

星海横流，岁月成碑。为了子孙后代的福祉，龙集的渔民放下了几代营生洗脚上岸，带着对洪泽湖难掩的深情，用自己的牺牲保护一方水土。禁捕退捕带来了洪泽湖生态的改善，更带来了传统渔业向现代渔业的升级，也是从这一刻起，渔民上岸有了生态转型的重大意义。

不可否认，囿于部分渔民受以往生活观念影响的根深蒂固和面对转产转业的能力不足，加强宣传引导、配套政策扶持、加大转产力度、提高精准培训，仍是摆在面前的重头工作，但是可以肯定，随着禁捕退捕的持续深入，渔民上岸的不断跟进，恩恩相报的洪泽湖定会牢记龙集人的这份付出。经验需要积累，过程值得铭记，可以预见，这方水土这方人一定会唱响更为动听的水乡渔歌！

照片为成子湖岸边的水域水草资源，由龙集镇宣传办提供

天理与自然

同事将行,欲送之,被拒。问之为何,曰:"来之一人,走之一人,天理使之,何需送行。"回曰:"一人来去,天下皆然,然喜怒哀乐有之,动情亦为自然。"

记:同事调往他处,此生再难相见。晚上拉着行李被褥,与我告别。寥寥数语,却情难自禁。此乃昨夜之事,今记之为平复耳。

照片为宿舍内写字桌随拍

刍狗或为丧家犬

友聚于群,忽一人退而删之。

众人不解,群主伤而自省。友曰:汝动情耳。有道是:无情者,以万物为刍狗;有情者,累累若丧家之犬。刍狗无情,亦对无情者;丧家之犬有情,终被累累若。

照片为当时所读的闲书

色 难

今天有人问我,古代人怎么看待"孝"的。我脱口而出就两个字:色难(和颜悦色是最难的)结果他若有所思地说:英雄难过美人关,老婆是不能娶太漂亮的……我诧异之余,觉得也略有道理。后来才得知他听成了:色男。

照片为书房一景

夜读《安娜·卡列尼娜》

昨夜真应该一口气看完第八部。托尔斯泰在最后一章通过列文自我救赎而救赎了安娜、救赎了渥伦斯基,救赎了所有人,包括我自己。而在夜里,是不能读第七部的。

托尔斯泰在第七部把安娜卧轨前的心理挣扎描述得太真实,以至于感觉作者本人是不是真的经历过这样的绝望……是什么样的生活与情感能给作者这样的体验并毫无保留的叙说出来……

优秀的作家在描绘笔下人物心理活动的时候,往往是能同受其感的。记得曾看过一部纪录片,陈忠实面对镜头回忆当时写下田小娥最后一眼望向鹿子霖的时候,那一瞬间,他什么都看不见了。是什么样的感同身受能记下书中人物那一刻的心境?从陈忠实到托尔斯泰,他们成功完成了"中介人"这一角色,将别人的痛苦转移到了每一位旁观者的身上,让我们战栗,让我们身临其境。

在夜里读第七部真可怕……

补记:2024 年 4 月我读了帕·巴辛斯基所著的《安娜·卡列尼娜的真实故事》这本书,震惊之余,也认识到原来托尔斯泰真的经历过安娜卧轨的事件!只不过,那个可怜的女人不叫安娜·卡列尼娜,而是安娜·皮罗戈娃。

Kitsch，是媚俗还是什么

Kitsch，是媚俗还是刻奇，这是个需要说说的问题。

之所以这么说，是因为在阅读米兰·昆德拉的著作时，弄不清这个定义，就读不懂他想表达的意思，进而不理解生活或工作中遇到的某类问题。

重读米兰·昆德拉一直是我阅读计划中不曾划掉的一项，记得我以前写文章说过，校花无意中用这套书激发了我的自尊，之后数年常读常新，却没几次真正读透过。但是作者个人和文字的魅力又始终让我难以放下对他的公关，一次次地拿起，又一次次地放下，以至于从他活着的时候，读到他的死去，我都没有真正搞懂他想表达的内容。不得不说，最后有了荒诞的色彩。

2023年，米兰·昆德拉逝世，上海译文出版社又重新出版了他的系列著作，三联生活周刊也开始整本地介绍米兰·昆德拉其人其文，这些反哺，又一次激发了我阅读的兴趣。从拿起到放下，这么多年过来了，我个人也经历了很大的变化，重新关注起他，在一个全新的立场、一个旁观的角度，不一样的感受就逐渐袭来，如果说，我还没有读懂读通某些地方，那就是真的笨了。

引发这个变化的，是三联生活周刊上的一篇文章，他说穿了一个问题，一个卡在所有阅读当口不得不去面对的问题，那就是翻译——Kitsch。

Kitsch是生命不可承受之轻的敌人，也是他其他数本小说里隐藏着的批判的对象。家里的文集是2003年的第一版，二十年前这个词被翻译成了"媚俗"，结果我知道了"生命不可承受之轻"批判了媚俗，女主去拍照，结果被过分解读了，过分抒情了，女主受不了，这里总结了，这就是Kitsch！这就是媚俗！可是，这里为什么就是媚俗了呢？

在我的语境中，媚俗是指那些挎着今年流行款式包包的摩登达人们，是那些脖子上挂着金灿灿大金链子的大哥们，是那些读了言情小说就多愁善感以为好男人都死绝了的茉莉们，是那些开口闭口某个时尚单品已经预定购买的大款们，可是拍个照被宣传一下就是"媚俗"了，这"俗"在哪里，"媚"在哪里呢……所以每次都卡在这里，搞不清。

二十年后，随着社会的发展，随着新事物的不断出现，一些原本没有含义的文字组合也不断被赋予了生命，因此新版本的面世，开始有专家指出这里翻译的错误，Kitsch不应该翻译成"媚俗"，它不是汉语里"媚俗"的含义，因为没有相应的概念来对应，应该直接音译为

"刻奇"，只能音译如此。因为，现在社会普遍存在这样的现象了，该有这样的概念来定义他们了！

那什么是刻奇呢？专家说：刻奇是一种自我伟大的不真实的激情，是原本应该停止的抒情却被过分地煽动，是不合时宜的煽情，是一种伪崇高，总之，是不该被放大的煽情。

突然之间，一些过往的片段闪现在眼前，那些原本不被理解的窘境，一下子破土而出了！

记得在某个时候，大家坐在一起互相批评，大家都用了十分的精力准备去述说去开动脑筋，原本可以度过这平衡和谐美好一天的下午，可是 Kitsch 来了，一位同事在批评完自己之后，开始忍不住地诉说起最近她遭遇的家庭困境——父母年纪大了，带孩子不容易，她心疼，最近又查出心脏有点问题……说自己要如何克服这些，说罢开始哭了起来。旁边一位心粗大条的同事立马接上去，"我也想我妈了……"便也开始抹眼泪。绅士们赶紧去拿纸巾，慌忙又不解地递来递去，开始温和地安慰她们，某些人开始发现，就在这一刻开始，美好下午的一切平衡瞬间就崩塌了，大家不再按着原先制定好的轨迹一步步走下去，而是突然被带着拐了个弯，朝着另一个"私人寓所"不知不觉地走了去……原本每个人十分的力，有的开始"异军突起"，有的则完全泄劲，团结和一致被抒情和宣泄代替，最后，大家都不知不觉走到了"她的地盘"，开始参观，开始发表意见，开始帮忙出主意。很明显，公平公正被卖惨比惨篡改了，宏大视角被私人视角取代了，其他人都很泄气，但又不知道问题出在哪里。

啊，原来这就是刻奇啊！

如果这是Kitsch，它站在道德制高点上，注定和粗俗是对立的，试想，如果某人这个时候笑出声来，他必定会落个"麻木不仁"的罪名。如果这是Kitsch，那它注定也和计划是对立的，试想，如果按照计划一步步来，哪里又会有卖惨比惨这一环节呢？如果这是Kitsch，那它注定也和谄媚是对立的，试想，目的是顺应谄媚程序的正义，怎么又会动辄煽情和动不动就泪流满面呢？

啊，原来这就是Kitsch！

原来这就是米兰·昆德拉要批判的那种情境！简单来说，刻奇就是不合时宜地刻意去煽情，当然你可以理解成"一种对世界的抒情态度"，当然态度的好坏还是需要人们去甄别。

知道了这个概念，就知道了米兰·昆德拉个人的经历，为什么之后他会隐居起来，他是不希望人们再去消费他的情感他的文字，他也严格区分作家和小说家的概念，并把自己严格规定在小说家之列。他当然不是作家，他不去制作无谓的煽情,甚至煽动他人的情绪,他只是忠实的记载想说的故事。任何的抒情,都应该在合理合宜的范围内,超过了这个度而去刻意,甚至别有用心的煽动,这就是米兰·昆德拉反感的地方吧。

  总之,抒情,可以让子弹飞一会儿,却不可让它拐弯哦!

文 篇 | prose

吃鹅记

昨晚回到宿舍后,辗转反侧,想着那只被我吃掉的老鹅,心里越发不是滋味。

"什么时候请你去尚嘴吃饭!"朋友又提了这件事。社恐的我当然是百般推脱,甚至打出了"要和女儿视频"的家庭牌,可是这次似乎和往常不同,他列数了同行的人,详细说了地址,越发百折不挠,也让我越发心虚不宁。结果就是不能再拂开他的好心意了,约了晚上一起去。

"我们去吃鹅!"在路上,他突然对我说。还没等我开口,旁边的人就说道:"那只老鹅吗?他终于舍得吃啦!"

一阵阴霾从我心头飘过,因为每次在食材中遇到鹅的时候,我都会情不自禁联想到徐达吃鹅的故事。鹅肉是发物,吃多了可不好,朱元璋给徐达送去一只烧鹅,就是加剧他的疽病……高中的时候听到这个故事后,太深入我心,以至于今,每每见到鹅肉,我都不敢吃。可是,今晚竟然要吃鹅?

"太大了,还在村里啄人,炖了ki掉!"朋友畅怀地说道。同行的朋友一起笑起来。我想到以前有人和我说过，农村有三霸：大鹅、土狗和孵蛋的母鸡，首当其冲就是大鹅，它们喜欢追着孩子跑，不撞南墙不回头地追着啄。我心里想着，看来这只老鹅犯事不少，罪到尽头；但心里还是隐隐不忍。

我说："这只老鹅多大岁数了？"

"三年多了！"同行的一个人立马回我。

我心里一惊，"三年多的老鹅……还是不吃了吧，都有灵性了，人家舍不得杀的。"

车里一阵哄笑。"没事，人家早就想杀了，你放心吃！"

后面的对话你一句我一句，最后，我终于说出来了徐达的故事。伴随车里一阵沉默，我们到了吃饭的地方。

朋友见到老板，第一时间转达了我的顾虑。老板满脸堆笑，说："不碍事，不碍事！"便去了后厨。

正如所有悲伤的故事一样，到了觥筹交错的时候，谁也顾不上眼前的一碗菜里是烧鹅还是烧鸭，有人和我说是烧鸡，另一个人立马说这是鸭，还有人和我说这是排骨，越来越离谱，显然是欺负我在这里分不清稻谷还是麦子。不知道是第几筷，我夹了一块肉。也许在这一瞬间，平行宇宙的另一个我是弃掉筷子的，当着众人的面，开始不停地作心理建设……但是在我们这个宇宙里，我吃了一块，又吃了一块，味道的确不错，肉质鲜美，心中也想起来：也许徐达的那只烧鹅被朱元璋下了毒吧？

不知道另一个宇宙中的我心理建设作了多少遍，心理建设了多长时间……我哪里知道这些，也许另一个宇宙的我也会像我在的这个宇宙中的我一样，吃了一口接一口，总之计较不得，最后我的结论是：味道好极了！

一只鹅的宿命若此，在它活着的时候，它会料到它的结局吗？于是，我便想到一只嚣张跋扈的老鹅，在村口摇摇摆摆，目中无人，这家的菜地吧唧几口，那家的小孩追着几步，大家的不屑助长了他的心高，大家的无视激发了他的气傲。这该死的畜生，看我不收拾你！这是多少旁人心中曾默念的句子，但是囿于主人的不言不语，也都不能拂了脸面。所以，日复一日，年复一年，这只大鹅理所应当起来，它成了这里的管事的，成了这里的王。

终于有一天，一位姓郑的"徐达"来到了这边土地，他对一切都是那么的好奇，人们纷纷拿出自己最好的东西来招待他，请他去家里吃饭，请他参观一角一落，请他吃刚割下来的韭菜烙的饼，请他吃刚捞上来的鱼虾……他百般推脱，可就在某一时刻，他实在推脱不掉了，不知道哪几粒量子纠缠不清起来，平行宇宙中的世界产生了偏向，人们众心一致地想到了这只跋扈的"老霸王",都在心中默念:是时候了,是时候了!

于是在昨天下午的 14 点 14 分,这只"自我封王"的老鹅走向了绞刑架,甚至在临死前都来不及画一个圆圈,就这样莫名其妙的甚至还被拔了它一直引以为豪的白毛……

至少应该给它一次改正的机会吧——想到这里,我就后悔吃了这只可怜的老鹅……

照片为村子里的老鹅

偏远穷困村的振兴路*

2021年4月25日,习近平总书记在广西考察时强调指出:"全面推进乡村振兴,要立足特色资源,坚持科技兴农,因地制宜发展乡村旅游、休闲农业等新产业新业态,贯通产加销,融合农文旅,推动乡村产业发展壮大,让农民更多分享产业增值收益。"泗洪县龙集镇尚嘴社区位于龙集镇东南方向,地处美丽的洪泽湖畔,这里风景优美、民风淳朴,曾是龙集镇唯一的专业渔业村,尚嘴社区行政区域面积13.1平方公里,其中水域面积19 500亩。共有六个生产小组,511户1 693人,劳动力598人,退捕前均为专职渔民,拥有捕捞证387本。但早几年因为集体资产匮乏、没有耕地、地处偏远等因素导致社区发展受限,尤其是一旦遇到国家政策调整或是自然极端气候影响等,便会出现危机,年年集体收入垫底,可以说是典型的"靠水吃水"渔业捕捞型小村落,分析来看,制约社区发展主要存在以下三个方面:

---

* 本文删减后发表于《新华日报》2023年11月7日第7版,标题为《泗洪龙集尚嘴社区:昔日小渔村变身农旅融合新热土》。

一是没有突出的产业发展，村集体经济收入低。集体资产资源缺乏，全村没有耕地，共有10 460亩私人养殖塘口。只靠每亩塘口收取30—100元的管理费，与龙集镇其他村（社区）相比，村集体资产资源收入最低。2020年禁捕退捕退了塘口9 000余亩，村集体经济收入大幅度降低。尚嘴社区也积极探索其他发展方式，但水上牧场种植莲子、菱角、芡实受洪泽湖水情影响较重，旱、涝两期均可能导致颗粒无收。工业发展因地处偏远、没有厂房，客商的投资积极性不高。虽然具有天然的洪泽湖生态优势，但是全镇的旅游开发尚未破头，农旅发展的潜力巨大，但是没有形成氛围和影响。

二是社区地理位置偏远，外出务工人员较多。尚嘴社区素有泗洪的"天涯海角"之称，距离龙集镇乡政府13公里，距离县城58公里，龙集镇三面环湖的特殊地理位置，导致尚嘴社区像口袋一样只能进不能出；退捕禁捕后，导致大量渔民外出就业谋生，常住人口仅470余人，同时留下来的渔民除了少部分参与塘口养殖之外，基本无其他的生活来源，收入较低。

三是村干部年龄结构老化，班子结构需要优化。除了地理位置、产业空缺原因之外，社区党支部的力量也存在一定问题。据统计，尚嘴社区党支部现有党员65人，其中在家党员36名、女性党员14人。在编村干部9名，其中大专1名,高中学历5名,中专学历3人。目前社区在编村干部9名,其中本科学历1名,大专在读1名,高中学历4名,中专3人,村"两委"班子平均年龄41岁,其中村书记年龄58岁。社区干部整体文化水平较低、年龄结构老化,村干部待遇不高,青壮年外出务工较多,后备干部缺乏。

由此可见,产业空缺、地理位置偏远和村两委力量的薄弱成为制约尚嘴社区发展的三座大山。抓住矛盾,化劣为优成为摆在尚嘴群众眼前的首要任务!

一、以党建引领为主线,充分发挥支部、党员作用,以强大的组织保障为乡村振兴蓄势赋能。尚嘴村民风淳朴,党员、群众普遍素质较高,党建赋能,效能巨大。

以支部为堡垒,培育一批党员能人。改造提升社区党群服务中心,进一步提升社区服务党员群众能力和社区形象。结合产业发展需求,积极选配发展思路宽、为民服务意识好的后备干部,即时补充、配强村干部队伍。探索组建水产经营专业合作社党支部,进一步夯实基层基础,建强堡垒,探索统一投放规模优质苗种、统一投喂高效配合饲料、统一调控水环境、统一注册螃蟹等水产商标和统一配送销售,有效提升养殖产业规模化、专业化水平,促进党组织在发展产业带动村民致富能力方面的提升。

以支部为纽带,构建联动发展帮扶体系。鉴于转产渔民养殖技术不高、销售不畅问题,推行构建"支部+

干部""党员＋能人""合作社＋农户"的联动体系，积极开展党员设岗定责活动，设立标准养殖示范岗、信息咨询服务岗、技术指导服务岗、对外销售服务岗、产业发展监督岗等岗位，组织合作社党员能人帮扶联系1—2户养殖户，每月至少联系帮扶对象1—2次，落实技术、资金、信息帮扶，让党员社员认岗、领岗、履责，做到有为有位，全力帮助村民增收致富。

以党建为引领，激发党员群众参与社区发展积极性。充分统一党员思想，在就业创业、环境治理、关心帮扶、矛盾调处、小渔村保护等工作中充分建立"党员＋群众"机制，发挥党员示范带头作用；积极开展党群议事、党群评事等活动，制定村规民约，实行门前"三包"责任制，常态化开展人居环境整治和评选、公示活动，进一步激发农民群众参与美丽宜居乡村建设的积极性、自觉性和主动性。

二、以小渔村保护性开发为契机，以建设美丽宜居乡村为目标，不断擦亮乡村振兴美丽宜居的"底色"。尚嘴村发展虽然落后，但是传统村容整齐，居住较为集中且区域特色明显，"梳妆打扮"的底子较好，利用好这些天然优势，产业发展赋能显著。

以用促保，赓续渔村底蕴。深入开展小渔村传统村落资源调查，在做好保护的前提下，合理利用传统村落资源，建设特色渔村观景地。通过发展水上牧场、塘口高效利用等方式，立足于尚嘴渔村传统村落长远发展，综合考虑现状、历史文化价值等因素，科学编制传统村落保护发展规划和施工方案，有序开展保护建设工作。在积极保护的基础上，不断推进活化利用、以用促保，不仅留住最美乡愁，改善村民生产生活条件，更有利于激发传统村落保护发展的内生动力，使小渔村传统村落焕发出新的生机和活力。

以建促保，展现渔家风貌。尚嘴社区是陆地延伸水域自然形成的口袋状湖岸浅滩，整治村庄建设秩序方能展现渔家风。通过疏通中心区域分散的水系，规划成整体；融入渔家文化，打造水体景观；清理沟塘淤泥，铺设联通暗管，疏通村庄水系，沿岸栽植垂柳、果桃等树木、池塘种植鸢尾、睡莲、马蹄莲等，改造池塘景观环境。通过以上池塘清淤，改建水系、菜园整治，补足绿意、精选雕塑等系列建设，增加尚嘴社区"渔"味，破除传统缝补式建设思维，以改建代替续建，重现渔村丰荣风貌。

以培促保，丰富小渔村业态。在2017年尚嘴小渔村住户就已全部创建"五美庭院"家庭，并曾被评为"水美乡村""小渔村"，渔民文化的传承不仅依靠历史建筑，还有社区住在本地的渔民与流传下的分散的历史文化习俗。通过收集渔村文化史料和渔业生产工具，利用闲置住房改造渔民文化展览馆，打造渔村特色文化标牌、牌坊等整合改造，嵌入渔民文化，达到传承的目的。改造升级后，通过加强小渔村文、史、旅元素表达，进一步丰富小渔村业态。

三、按照"以农促旅、以旅兴农"的发展思路，着力把尚嘴社区打造成城乡社区居民回归田园、休闲度假的新热地，建强强村富民的新产业。尚嘴村生态资源丰富，滞洪区建设打通了"断头路"，使发展农旅的可能性变成可行性，新产业赋能潜力巨大。

组合旅游元素，打造花样渔村。依托优质产业基础和良好生态环境优势，紧跟乡村旅游发展势头，借力扶贫、乡村振兴、小渔村保护性开发等扶持政策东风，融合倚湖听潮、渔村观景、花海漫步、渔家体验、网红设施、特色美食等元素，打造"吃住游娱一体化"的网红打卡热地。据统计，2023年小渔村旅游总人次将近5 000人次，比2022年增长10%。

聚焦游客体验，打造休闲胜地。紧盯"五一"、端午节、国庆节等旅游热点时段，聚焦游客体验需求，适时推出划船、撒网、织网、钓虾、钓鱼等农事体验项目，努力做到吸引到人，留得住人。结合休闲游乐场地、农家柴火灶、自助烧烤等配套设施，与专业旅行社对接，策划"六一"亲子游、秋游团建、冬日露营、渔村篝火晚会等活动，形成持续性的旅游吸引力与行业竞争力。

农民主体参与，实现共惠共赢。建立利益联结机制，以村集体牵头，成立尚嘴社区生态旅游发展有限公司，在前期充分征求村民代表、户代表意见的基础上，探索群众以保护生态资源贡献度入股的方式，激活村民参与旅游发展积极性。突出"政府引导，支部带头"模式，鼓励农家乐和民宿、水产品经营等旅游配套项目建设，进一步带动群众就业、创业、增收。

如今，随着乡村振兴不断走深走实，尚嘴社区紧紧围绕产业兴旺、生态宜居、乡风文明、治理有效、生活富裕的目标，积极推进美丽和谐富裕乡村建设，取得了一定的成效，村集体经济收入一度突破70万元。尚嘴社区小渔村已成为龙集镇发展的一张特色名片，闪耀在洪泽湖畔，而其自身赋能的发展模式，仍证明着偏远穷困村只要把握住自身的优势，仍能化劣为优，潜力无穷。如何发展偏远贫困地区，分析总结尚嘴经验，具有一定的借鉴意义。

属相和出生时间的确立标准

今天我们来说一说取名时不会经常遇到的两个有趣的问题：一是确立属相的标准，二是确立出生时间的标准，最后说一下我的看法。这两个问题摆在面前的时候，相信很多人都不会觉得是问题。这还需要说明吗？还需要讨论吗？除夕之后就是新年，什么年出生属什么呗；出生的时候是什么时间就是什么时间呗……这需要讨论？可是这两个问题的确是需要说明的，因为在实践中较少能遇到争议的点，而且解释起来也比较麻烦——业内人觉得不是事，业外人觉得很复杂，打破砂锅问到底总是不太讨好，所以在正好遇到需要说明的时候，写下来，供大家一乐。

一是确立属相的标准问题。其实在理论界，属相的确立一直有两种不同的意见：一种是以立春为标准，也就是每年的二月四号左右；另一种是以年末除夕为分界点，正月初一开始就是新的属相。据说前一种说法这种方法起始于商周时代，其实在我看来夏代（二里头有证据）可能就已经实行了。后一种据说始于北宋，但是据我所知北宋的徐子平还是以立春作为一年之始的（详见

《渊海子平》）。

这两种标准都会在实际操作中遇到不同程度的难题：将正月初一定为属相确立之始主要会出现两个问题：一是从"立春"到"立春"是基本保证365天，而从"春节"到"春节"则长短不一，短时只有354天，遇到闰年则多达384天。这样会导致纪年不平衡。二是将阳历1月1日定名为"元旦"、正月初一定名为"春节"是在民国元年（1912年）规定的，而规定这个节日的人却是我们怎么都喜欢不起来的袁世凯。你信他吗？虽然在新中国成立之后，因为种种原因，国家颁布了《中华人民共和国国家标准 GB/T33661—2017〈农历的编算和颁行〉》的相关标准，但是在传统文化学界，依然多以立春作为属相确立之准。

这一"坚持"非常好理解，六甲记年也是中国传统纪年的重要部分。立春作为划分点是中国传统干支文化的重要标准。立春作为二十四节气之首，属相理应以立春为准。但是这个标准也带来了另一个问题，那就是遇到正月初一和立春还相隔数天的时候，八字的年柱地支往往和属相不同。

二是确立出生时间的标准问题。出生的时间也一直存在着两种意见：一是以北京时间为准，二是以真太阳时为准。"北京时间为准"容易理解，就是宝宝出生后，钟表所显示的时间，他们以北京所处的经度为标准确立的时间。而真太阳时就是出生时具体所处地的经度为标准。因为这两个的不同，在婴孩出生时间正好卡在两者交接的时间段时，往往会造成时干支的不同。当然，你也可以完全不用去算这个真太阳时，直接就以北京时间为准（相信我，可以减少不少算法的麻烦）。我遇到过几位对命理学有研究的老师都是直接用北京时间来算的。八字排的也是满满当当，"六亲"看的也是清清楚楚。这丝毫不影响结论。他们的观点就是一切都在变，这些也要与时俱进。但是在我认识的老一辈研究者的笔下，那可都是认认真真地算真太阳时的。

真太阳时的运算方法非常复杂。真太阳时需要先算平太阳时，平太阳时的算法是当地的经度减去120，再乘以4分钟，再和北京时间相合的结果。别去看百度，我告诉你用公式表达就是：

平太阳时＝北京时间＋4分钟×（当地经度－120）

不用我说，当你看到这个公式的时候肯定会炸毛。我第一次学的时候感觉自己高中数学全部给了老师（虽然我也没学到啥），后来算了很多次之后，老师傅才告诉我一个很简单的方法，今天我写在这里，独乐乐不如众乐乐，那就是找到平太阳时的差值表，然后相减即可——当然对于不喜欢这个领域的人来说肯定还是会炸毛。同样的差值表还有真太阳时的差值表，按照日期来找到相差的分秒相减即可，这样用平太阳时减掉这个分秒就可以获得真太阳时了！这里举个例子，比如正好一个可爱的宝宝出生在南京市的早上 7 点 03 分，南京市平太阳时差是北京时间减去 4 分 56 秒，也就是 7 点 03 分减去 4 分 56 秒，约在 6 点 58 分左右，查真太阳时差值表查到出生那一天日期对应的差值，用 6 点 58 分减去这个差值就是真太阳时了。简单吧！

三是如何看待这两个问题。如何看待这两个问题，在我看来这不仅仅是一个技术层面的演算，更是对待传统文化的态度问题。这个态度就是能变的地方可以去融合变通，不能变的坚决不能变。就好比京剧就应该是生旦净丑青衣挂衫，你可以现代唱腔吉他伴奏，但你搞个比基尼就不对；《满江红》就是民族大义，你可以唱读书写研究时判，但你拍个戏谑涂改就不该。

如上文所述，命理学的理论建议在天干地支纪年的理论，属相本身的确立也是来源于天干地支，甲子年的轮回更是建立在天干地支的两两搭配，那立春就是一年之首。这一理论整个是一个闭环，为什么要在属相确立的问题上反而抛弃它建立起来的理论闭环，如果这样为什么还要去在意它呢。同样，命理学的出生时间就是按照日照的影子来确立的时间，这就是真太阳时，既然有排八字的传统,那为什么又要搅乱这一理论呢。

  对待传统文化我们要在继承的基础上发展,在发展的过程中继承,对待命理学的一些封建迷信我们可以不去在意它,权当图一乐,取其精华去其糟粕;但是在对待这两个理论点,尤其是深深烙印在我们文化深处的属相和时间问题时,其中环环相扣的地方太多,架空原有的理论基础,在我看来失去的不仅是一个属相和时间归属问题,更是一个文化的来龙去脉了。

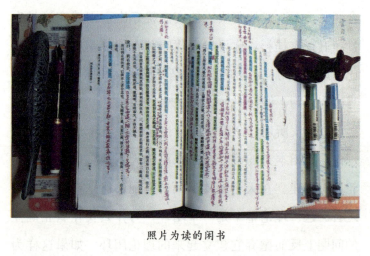

照片为读的闲书

读书随想

村里的朋友竟然和我说,他和他的邻居不太熟悉!这让我沉思了很久,今天看到一篇文章更是促发了我的感慨:

身处城市的我原本以为如今的邻里疏隔是中国传统文化的一种倒退,但是当我看到乡村的经济发展、人口迁移、村落的拆搬,随着像城市里的小区拔地渐起,所谓的"传统伦理"的一方净土却也开始有了城里人一样的邻里疏隔——更加注重隐私、更加看重自己的边界、更多的我行我素甚至更多的人情淡漠——现代化的大车轮下,"传统伦理"在乡村也越发式微。现代化必然会稀释一些传统的东西,在我看来,却欣慰多于遗憾。

照片为读的闲书

论《挪威的森林》的绿子

"买一张上野车站的车票,接绿回来吧,拜托啦。"

这是绿子父亲在临终前和渡边说"车票、绿、拜托、上野车站"呢喃的含义,可以说"把绿子接回来吧"是绿子父亲最后的遗言。其实,作者在文后通过绿子的回忆已经揭示了这一谜底:绿的父亲认为现在的绿如同小时候离家出走一般已经在生活的挫折中迷失了自己,拜托渡边去找回绿子,回归正常的生活。细细读来,感动系之。绿的父亲在临终前为什么会有这样的嘱托,这就要说到绿这个人。

说到绿子,我们在文中看到的绿,说的话做的事,感觉都是带着夸张的,甚至有点匪夷所思的,那正是在压力下的绿子的状态。绿的父亲虽然在临终时一直很清楚自己的女儿在受累,感情的挫折和各种生活的压力已经让原本应该在这个年纪享受着冲浪约会和恋爱的绿迷失在了现实的窘迫里,所以拜托渡边带她回到属于她这个年纪女孩应该享有的正常的生活中。

"买一张上野车站的车票,接绿回来吧,拜托啦",这是临终的父亲对绿的最后的关照。

我曾说过，村上在给渡边的选择中塑造了两个截然不同的女生类型。一个是心细如发的直子，心细如发到情感细腻，却难以吐露，深藏心底，却至死不渝。所以在面对生活的挫折的时候，这种人往往会有两种结局：一种是顺应着世俗伦理责任，默默地扛着，坚持走下去；而另一种是默默承担着不伦理的压力，压到不能压为止，选择结束自己的生命。所以肩负着木月自杀的内疚，直子不可能选择第一条路，内向地、默默地走完自己的一生，而是至死内心的秘密不渝，或者换一种说法：不渝自己的精神世界，而走向结束自己的生命。在这里我很想因为木月和直子的这个问题多说几句，但是请允许我保留到专门分析直子的篇章中，写下去会很难受。

接着上文，村上给了渡边"直子"，同时也给了渡边"绿子"。两种截然不同的女性，似乎这样就可以维系着渡边生活的平衡。绿就如同她的名字一样，小林绿，这个名字就充满了对绿的期望，一片郁郁葱葱的小树林，充满着生命力，也时刻面临着大自然的威胁——因为不是大森林啊——所以绿充满着阳光和豁达，即便承受着痛苦，仍然可以一边看着大火一边唱着歌。如果说直子是心细如发，一家人的心细如发都到了难以吐露只能靠自杀走完生命全程的地步；那么小林绿，就是心大豁朗，自己的父亲连东京大地震都能无动于衷觉得没有发生的迟钝。这种迟钝其实暗示了一种善良与乐观，是一种人畜无害的迟钝。也正因为绿继承了这种善良与乐观，所以她有这种张力缓释现实给她的压力，甚至压力到迷失而不自知，还想着拯救别人于水火中。

我们在书中可以发现，当绿第一次遇见渡边的时候，绿就展现了前所未有的主动和自信。从渡边返回到绿的那一桌人给予渡边的表情就可见，绿平时并不是很随便的人。为什么绿会对渡边有着这种感情，一见钟情还是似曾相识，抑或是在渡边身上，发现了另一个自己？

似乎另一个自己，才是认识绿主动最好的解释。一见钟情的理解太肤浅，只有在对方身上发现了另一个自己，这样的"一见"才更深刻，才更能上升到精神层面，才更牢固而不戏谑。其实从书中可以发现的，绿似乎凭借着本能就意识到，她和渡边是一类人，一类到不愿意与世俗为伍，不愿意妥协于大众化的人。所以这里就有了一个问题，既然她认为自己和渡边是一类人，那么当她看到泥淖中的渡边，她就有责任去拯救他。

因为，拯救他，就是在拯救自己。

所以，渡边需要她，渡边需要被拯救，而她也需要渡边，渡边也是可以拯救绿子的人。

绿就是在这样的思想中，勇敢地迈进渡边的生活，去试探，去献身，去发现，甚至宁愿去牺牲。

可是，让绿没有想到的是，在渡边的另一边还有一个漩涡般的直子的存在。渡边一步步身陷泥淖，需要被拯救的绿子却完全担负起了拯救渡边的责任。

能否互相拯救，村上春树却没有给出一个明确答案。在书的最后通过渡边的自问中留给了我们一个开放式的结局，有人认为绿子能拯救渡边，渡边可以带着绿子回归正常的生活，这一切似乎又是一个弥漫在我们周遭的"淡淡的哀伤"的故事……

但无论怎样，都希望生活能善待像绿子一样的女孩子们！

照片为作者收藏的各种译本的《挪威的森林》

论《挪威的森林》的直子

记得很久以前,我曾写过几篇关于《挪威的森林》的解读,解读过书的大旨,解读过里面的人物,如渡边、绿子。对于一本作者还在世的著作的解读,似乎都是费力不讨好的事情,很多时候往往旁观者一句"那你来写啊!"就很容易地推翻一切的解读,但是,看了那么多的解读、导读,竟没有一篇和我所想一样的孤寂感,一直没有放过我,让我经常在夜深人静的时候想写出来,让大家再次地"哦!原来这样啊!"于是,在这乡村宁静的午后,我想来说说《挪威的森林》里的直子了。

理解一个人首先要理解她的行为。同理,理解直子这个人,首先要理解她的行为。在这本书里,相信很多读者都会觉得直子是一个挺神秘的人物,来无影去无踪,说出现就出现,说消失就消失,好像随时她就会掉进那口她一直担心的井里,然后不声不响地爬出来,贞子一般地去跟着她的执念,直到最后自我了结。其实把握住书里三个隐藏点,就不难揭开她的谜团:

第一个隐藏点是直子生日和渡边约会后,为什么突然失踪了。

第二个隐藏点是渡边去疗养院看了直子,两人互诉衷情,可为什么手都用上了,却没有发生实质性的关系。

第三个隐藏点是为什么直子一直要玲子带她回信!

这是作者在书里设置的伏笔。在说这三个隐藏点之前,我们还有两个任务,一是要先回顾一下直子的男朋友木月为什么会自杀,二是直子生日那晚到底发生了什么。

木月为什么自杀?书里的交代似乎是在那种厌世的大背景下,特立独行的木月忍受不了周遭的变化,越发沉寂在自我的小世界里,直到自我抑郁,最终解脱了自己。在当时的大背景下,日本作家自杀的比比皆是,太宰治、川端康成,还有切腹不成的三岛由纪夫等,一批文豪先后了却了自己的生命,木月性格的基因逃脱不开这些大环境,但并不代表外部环境是决定他自杀的唯一原因。还有一个原因,想必读过书的人都会感觉到,那就是他唯一的爱,直子移情别恋了,而移情的对象恰恰是他最依赖的朋友渡边。一边是友情,一边是爱情,左右都不是,为难了自己。所以唯一的办法就是自己退出这三角关系,结合当时的背景,木月吸食了一氧化碳。

直子在这三角关系中是一种什么表现呢?通过渡边的回忆可以看出,他们俩并没有太多交集,几乎都是围绕着木月,但是,爱情这东西哪里是说得清道理的,就是爱了，直子也没有办法啊。她只能克制，但是越克制，越不自然，越不自然，越表露无遗，以至于木月知道了。木月又有什么办法？从小一起长大，比了解自己都了解她，哪里能责怪她呢？最重要的是，逐渐自闭的木月，根本无法离开渡边，渡边是木月了解这个世界的唯一途径。所以，直子难受吗？我们可以大胆设想一下，在那种情境下，直子只有一种感觉，那就是原来之前和木月的感情根本不是爱，不是想占有，不是想进入，不是想得到，而是兄妹之情、亲人之情，自己想要的人是渡边，这才是真正的爱啊！所以，直子和木月在"相恋"的时候，一次也没有成功过，却在生日当晚，面对渡边，水流成河……

简单来说，在认识渡边前，直子一直误把亲情当做了爱情。

悲剧吧？悲剧啊！

所以这就要说道直子生日那晚和渡边到底发生了什么这件事上。

读过小说的读者都知道，那一夜，渡边和直子发生了关系。渡边犹犹豫豫，施舍似的要了直子；直子却异常真实，勇敢地献出了自己。也就是这一晚，一切祸根就埋下了！如果说，没有发生之前，也仅仅是两情相悦，心照不宣，暧昧有之，那发生了之后，就是现实彻底地撕碎了!

如何撕碎了?作者隐晦地藏在了细节里,但是仔细去想就会很容易地发现:那一晚渡边根本没有奔着会和直子发生关系的前提下去的,他去买花,却没有准备安全措施。也就是说,那一夜的突发情况,导致了直子的怀孕!

直子怀孕过!怀过渡边的孩子,而直到直子死去,渡边都不知道这件事!

所以,我们可以想象,知道为什么直子后来消失了很长时间,退学,搬家,乃至不回信,再次出现的时候,却是在疗养院吗?孩子肯定是没有保住,流产了,或是被家人带走打胎去了!

在这个时候,会有人问,为什么直子不要孩子,为什么直子不和渡边说呢?为什么?因为之后渡边写了好几封言辞恳切的道歉信,为那晚的事"道歉"!试想一下,做了爱之后还道歉……直子肯定以为他反悔啊,这就是根本不爱的表现,一个不爱自己的男人,他的孩子还要着干吗?加上对木月的内疚,和对自己的轻视,直子选择了最容易也是最痛苦的一步:不要这个孩子。渡边始终不知道直子曾为他的"无情"打掉了自己的孩子!

多么难受啊!

所以后来直子和渡边在疗养院里见面,两人再次互诉衷肠，但是直子选择用手帮他，说自己没准备好，其实心理是一方面，身体还没康复也是一方面原因。夜半时分，渡边朦胧中看到直子光溜溜地站在自己身前，不声不响地穿起衣服，再不声不响地走掉，那是让渡边看看她的身子，看看她的肚子，那一刻她肯定好想告诉他：

"渡边君，好好看看吧，这里曾有一个鲜活的生命，这个曾属于我们俩的鲜活的小生命呀！"……读到此刻，难过吗？是谁都会难过吧，何况是当事人直子呢……

这就是第一个隐藏点和第二个隐藏点的答案。相信读到这里的时候，你们会问，那是什么促使直子自杀的呢？压死直子的最后一根稻草究竟是什么呢？

最后一根稻草就是，玲子对渡边的爱。玲子的出现，又重新构筑了一轮新的"三人行"，从木月、直子和渡边，变成了玲子、直子和渡边……再次出现之前的 a—b—c—a 的循环局面：直子喜欢渡边，渡边喜欢木月，木月依赖直子……木月便选择了退出；而这次，直子依赖玲子，玲子喜欢渡边，渡边喜欢直子……所以直子这次选择像木月一样退出。这就是为什么直子大部分的时间让玲子带她回信。读到后半部的时候，我当时很不理解，为什么玲子要干这种越俎代庖的事，这样鸠占鹊巢好吗？后来直到看到玲子和渡边做爱，我才明白，原来玲子一直是喜欢渡边的，只不过因她的年纪原因和渡边直子二人的相亲，所以她才用大大咧咧、不拘小节来掩藏自己。其实这一切早被心细如发的直子看在眼里。她想促成玲子和渡边，又舍不得放下渡边，而和玲子的亚性行为，又进一步使得直子把这种互动幻化成了依赖，所以一方面，直子想到了木月，一方面她又把那些小游戏误认为了是依赖。所以，当她看到渡边和玲子频繁接触的时候，她心里便暗暗下了决心，是时候该退出了。

直子就是这样一个单纯的，善良的，不会表达自己，一切都想着自己来承受的好姑娘。当你了解了书里没有交代的暗黑内幕的时候，当别人再问我们，你是喜欢直子，还是喜欢绿子的时候，我相信，很多人，都会重新审视自己原先的答案了。

照片为作者收藏并阅读的各种版本的村上的作品和论谈录

学用结合、手脑并用、稳进统一，做一名可用可造可靠的第一书记

——在善港农村干部学院培训班上的发言

各位领导、同志们，大家好，我来自宿迁市泗洪县龙集镇河口居。三天紧张有序的培训学习，让我感悟颇深收获颇大，作为一名刚入门的农村基层工作者，学用结合、手脑并用、稳进统一，是我结合这三天的培训和自身工作实际，得到的三点体会：

一是要把学和用结合起来，做一名可用的驻村书记。马克思说过："批判的武器不能代替武器的批判，物质力量只能用物质力量来摧毁，但是理论一经掌握群众，也会变成物质力量。"这里马克思说的其实就是学习理论要转化为实践、转化为可以改造世界的物质力量的道理。在这次培训中，我们学习了党中央的重要精神，分享了彼此的驻村心得，学到了卢氏三变曲，看到了现实的桃花源，很好地将理论与实践结合在一起，深刻体现了学与用的辩证关系。我们知道，在工作阶段的学习，主要是为了适应工作、胜任工作，把学习的成果转化为工作的成效。一个人不断进步，工作越做越好，肯定是学习

与运用结合得好。从另一方面来看,这其实也是习近平总书记说的"思想就是力量"的道理。党的十八大以来党和国家事业取得历史性成就、发生历史性变革都离不开党的创新理论。说到底就是理论的实践力量,说到底就是学习要转化为实践,学要转化为用。党中央关于农村工作会议精神正在逐渐改变中国的乡村大地,我们处在这当口,更要学好用好农村基层工作的相关理论,转化我们的物质力量,去造福一方。这次培训让我深刻认识到,用的前提是学,学的目的在用,二者缺一不可,但说到底加强理论学习,学习党中央关于农村工作的创新理论,都是为了用理论武装、强化工作力行,提高工作效率。马克思说:"不学无术,在任何时候,对任何人,都无所帮助,也不会带来利益。"那么我们也可以说,学而不用,在任何时候,对任何人,都无所帮助,也不会带来利益。实践是检验真理的唯一标准,力行是检验学习的最好示范。只有把自己所学用起来,武装自己,这才能成为可用之人。这是我们培训的意义,也是我的第一点体会。

二是要把手和脑统一起来,做一名可造的驻村书记。在基层工作,写,是不可或缺的。不论是写书、写诗、写材料、写报告,都离不开我们手脑并用,离不开我们深入实践、走到一线。车尔尼雪夫斯基曾经说过:"要是没有把应当写的东西经过明白而周到的思考,就不该动手写。"罗曼·罗兰也说过:"写作的目的不应该只是为了发表,当然更不是为了稿费和虚名,而是一个人认识真理之后的独白。"我相信这一点我们在座的许多书记都深有体会!作家们用自己的一生诠释了他们的体验,专家们用自己的笔触记下了对乡村的情怀和所思所想,对于我们何尝不是如此?纸稿上的文章是写出来的、想出来的;农村工作的大文章更是动手与动脑交替的有机统一!只动手不动脑或只动脑不动手都不能成就一篇好文章。正如同拼凑出来的肢体,即便有个人样,那也是科学怪人,东拼西凑的文章不可能是鲜活的文章,东一榔头西一棒槌更不可能带来好的成效和政绩!说到底,手脑并用就是踏踏实实,做一个对党忠诚、不负群众、敢于担当、不怕苦累的第一书记。

驻村书记肩负着乡村振兴的使命,也肩负着磨砺自己锻炼能力的组织期望。这两点的结合就要求我们必须要成为可造之人。手脑并用,脚踏实地,不投机取巧而是附身下去,秉怀着工作的热情和对事业的追求,说到底这些都是责任都是担当,只有真的信仰,才能有真的情感,有了真的情感,才能真的投入,才愿真的付出,才愿真的主动。我一直认为,一个人的能力不论多大,对这份工作有感情,对村民有感情,对一草一木有感情,这是忠诚于自己的表现，是忠诚于职位的表现，是忠诚于党和群众的表现！可造之人，必须如此。

三是要把稳和进统一起来，做一名可靠的驻村书记。孔子说："君子不重则不威，行则不固。"法国作家雨果说："谨慎要比大胆有力量得多。"大仲马更是直接写道："暴躁是一种虚怯的表现。"党和国家工作的总基调是稳中求进，农村基层工作做事也要稳中求进。这一点我做得不好，有时候为了快而忽视质，所以在培训的交流中我很有触动：不要急，慢一点，再看看。这固然与一个人的性格、习惯有关，但也是和一个人对自己的定位有关。我认为，做一个可靠的人，固然德行操守非常重要，但是稳健的作风也必不可少，比如：关键时候不能掉链子。什么叫关键时候不掉链子，疫情防控时的蹲守、基层大走访时的耐心、秸秆禁烧时的督查、禁捕退捕时的督促，这些看似平常的工作，却容不得一点差错。有领导曾和我说过："关键时候不掉链子，这起码是值得依靠的人。"要做到关键时候不掉链子，那必须是经过大量的实践积累而形成的能力，也就是"一直很稳"，稳中有进。"平时掉，关键不掉"也许是稳，也许是碰巧；平时不掉，关键时也不掉，那才是真的稳。这样的人是可靠的。农村工作不能人浮于事，更不能关键时候空场，我相信，每一位第一书记都是值得依靠的人。

同事们，韶华不负，责在力行；可用可造可靠，最后都是可爱的人。希望我们每一位驻村书记都是可用可造可靠可爱的人，在学用结合、手脑并用、稳进统一中共同努力，互相鞭策，为我们心中的情怀、为组织交付给我们的责任、为我省的乡村振兴贡献出自己的应有贡献！

最后，感谢善港农村干部学院的精心安排，感谢班主任和保障团队的贴心服务，有你们的加油，我们一定会更好！谢谢大家！

党建引领，让村民收获乡村振兴发展红利[*]

近年来，泗洪县龙集镇以新发展理念为引领，深入落实宿迁市委"头雁竞飞"振兴村集体经济和泗洪县委"支部擂台赛项目"强村行动要求，锐意改革创新，坚持不懈固根本、谋发展，探索出一条党建引领、资产盘活、集聚强势的发展模式。村民收获乡村振兴的发展红利，基层党建也在鱼米之乡奏响共同富裕的田园欢歌。

强化党建引领，筑牢发展根基。要想富、强支部，村居发展和党建是基础。可以说，有一支能力过硬的队伍是带领村民发家致富、筑牢发展根基的基础。龙集镇强化党建引领，实施村党组织带头人队伍整体优化提升行动，切实发挥"领头雁"的作用，开展支书强村擂台集中比武3次、中心工作专题比武6次。对软弱涣散党组织，通过增配年轻干部、储备后备干部、优化平均年龄等方式进行不同程度促改。据统计，今年上半年调整不胜任的党务负责人1名，增配村干部9名，发展党员

---

[*] 本文发表于《新华日报》2022年11月29日第14版。

10名，对6个"两新"党组织阵地进行规范；开展镇级层面专题培训14场，村居每周课堂138场，不断提升村两委的工作能力和水平，同时带领村干部镇内外集中观摩5次。以"擂台赛"为抓手，督建各村居至少1个联建项目。同时，深入挖掘村居特色产业、人文历史、民风民俗等文化内涵，找准与党建工作的契合点，不断提升基层党组织创造力、凝聚力、战斗力。

带动资产盘活，拓宽增收路径。村居资产盘活是推进村集体经济发展的有效路径，尤其是对村集体经济组织的资金、资产和资源进行摸排清理，不断规范村集体经济管理举措，动员党员群众参与管理使用，对盘活闲置资金、壮大集体经济、调动群众积极性都具有积极作用。勒东村广泛征求党员群众意见，积极整合资源建设厂房，带动村集体经济增收，并且以签订承诺书的方式，确定了"筑巢引凤，强村兴业"的发展思路；利用原村小学13.6亩用地建设标准化厂房，兴建了3000平方米钢结构厂房，引进了龙利纺织企业，带动全村220人实现了家门口就业，18户贫困户实现脱贫奔小康。勒东村先后共建设标准化钢结构厂房3万平方米，并通过以商引商，拉动企业入驻，2021年实现村集体经济增收314万元，一跃成为"宿迁市十佳经济强村"。姚兴居党支部确定"党建引领，工业兴村"的总体发展思路，通过征收、置换等方式,盘活废旧校舍、老旧住房等建设用地指标12.6亩;采取集体出资、企业代建模式,筹集资金358万元,以分期付款方式建成标准化厂房6 000平方米;并依托现有联建企业、流动党员、名绅乡贤等群体个人,建立专人联络制度,做好保障。

集聚发展强势,做大产业支撑。推动乡村振兴,集体经济是根基,产业发展是支撑,是强农业、美农村、富农民的重要举措。只有依靠集体的力量,发展壮大合作社,做大做强产业,激活发展内生动力,才能实现村级集体经济的持续增收。河口居依托水上生态牧场,采取"党支部+合作社+群众"的管理结构,打造标准化、生态化、立体化的精品高效农业种植园,培育碧根果,发展水上产业和林牧业,既丰富了村居产业,又有效地带动了村集体增收和群众致富,预计每年帮助村居群众增收10万余元,为村集体经济增收5万余元。勒东村积极探索村企联体共建模式,以土地资源为依托,与江苏省农垦米业集团有限公司签订长期战略合作协议,不断壮大合作社,增加入股村民分红收益;合作社通过创新"支部+公司+种养示范户+贫困户"的生产模式,不仅惠及企业利益和村居收益,更进一步带动脱贫边缘户增收致富。田集村以强村富民为抓手,重点推进产业结构调整、土地流转、村企联建,依托"泗洪县源野菌菇培育中心",开展平菇菌包项目,每年为村集体经济增收2万余元,带动就业20余人。姚兴居通过村居稻虾共作试验区,发展"主打经济",与泗洪县金水集团达成合作,将2 500余亩土地流转,打造精品"稻虾共作"试验区,为参与土地流转的农户每年增收近20万元;并将沟渠、泵站等集体资产入股,每年为村集体分红20余万元。应山居围绕"金纯廉政基地"主题特色,结合应山烈士陵园红色资源,协同打造"红色+廉政"的党性教育基地,增加了村居集体收入,更为村居发展提供强大的精神动力。尚嘴居积极传承渔业文化,做大双湖渔业文化度假区,依托淮委拓宽环湖大坝工程,规划沿湖42公里岸上观湖线路;同时通过道路水系梳理、水体景观打造、外墙彩绘等文史配套设施建设打造特色小渔村,将传统村落保护与现代渔业文化发扬融为一体,带动村集体经济发展。

千古龙飞集贤处,谋力发展画功图。面对乡村振兴的"一盘棋",龙集镇抓好落好村集体经济这颗"关键子",通过党建引领,谋篇布局,切实发挥纪委监督职能作用,确保党员干部和村居群众积极参与,为全面推进乡村振兴保驾护航,走出了一条因势利导、因地制宜的致富之路。欢歌在田间地头唱起,答卷在头雁竞飞中谱画。可以预见,随着乡村振兴的不断深入,龙集镇一定会成就更为美好灿烂的将来。

孔子小传

孔丘,头顶上有一个凹陷(或曰是突出)像山之丘陵,故名丘;排行老二,出生于尼山,故字仲尼;后人称之为孔子,按照现在的话说就是孔先生、孔老师、孔教授的意思。先祖为商纣王的哥哥,微子。微子大家可能不熟悉,比干大家熟悉吧,就是那个挖心谏主的贤人;他与箕子、比干并称商代三贤。

商纣王的时候,微子被封在宋这个地方;之后武王伐纣,分封天下,因为微子的好名声,作为商代遗老仍然保留了封地,也就是之后的宋国。所以孔子祖上即是贵族,有名望,权压一野,可谓盛极一时。但是君子之泽五世而斩,如此历经到了孔父嘉这一代,出事了。

孔父嘉当时任大司马一职,相当于现在的国防部长,至少也是总参谋长的职务。权力很大,可惜祸因红颜,因为老婆长得很漂亮,被当时的太宰给看上了。据《左传》记载,当时二人路遇,太宰回头感叹:太漂亮了!于是利用一次政变,杀了孔父嘉,霸占了他的妻子。

孔家因为这次政变,彻底退出了商朝的政坛。孔父嘉的儿子木金父逃到了当时的鲁地,也就是后来的鲁国,成了鲁人。

时间如梭，白驹过隙，跳隙落地，孔家到了叔梁纥这一代。叔梁纥有勇有谋，相传力大无穷，曾单骑护主逃出包围圈，又曾独自一人撑起城墙大门，让鲁军安然撤退。因此到了叔梁纥这一代，贵族的地位又逐渐获得。事业有成了，可是一直有一遗憾：生不出儿子。

第一个老婆一连生了九个娃，都是女孩。后来娶了一个姓施的女子，好不容易生了一个儿子，结果还是个瘸子。叔梁纥非常郁闷，在60岁高龄的时候又娶了颜征在，二人"野合"生了孔子。顺便说一句，古人"野合"是很正常的一件事。不需要大惊小怪。倒是换做现在成了一件有悖公序良俗的事情了。

相传颜征在怀孕前曾梦到一个仙人牵着一头怪物来到她的身边，让怪物钻到了颜征在的肚子里。第二天颜征在对叔梁纥说了此事，叔梁纥说：此乃瑞兽麒麟，我儿必光宗耀祖也！还有一传说，颜征在在山洞中分娩的时候，树木为之倾倒，溪水为之倒流，鸟兽为之齐鸣，日月为之同耀。从这些传说中都可以看出古人的造神情节。

孔子出生之后，其母为了避开家庭纠纷（子女太多，矛盾太多），独自带着孔子来到了当时鲁国的国都曲阜。没过多久，叔梁纥也死了，孔子的教育便全部落到了颜征在的身上。

曲阜为当时鲁国的首都，文化经济的中心，所以孔丘从小就受到了很多文化的熏陶。据说孔丘小时候就经常学着大人的样子祭祀，方圆几百里的乡人都知道有一个仲尼非常地好礼。六艺估计就是这个时候学会的，包括孔丘和师襄学古琴等。等到孔子16岁的时候就已经做了老师。闵子骞就是孔子带的第一个学生。

因为孔丘好礼且好学，很快得到了当时执政者鲁昭公的关注。没多久就担任了孔子人生中第一个官职委吏（一个仓库管理员）。之后又担任了乘田（一个管理畜牧业的小官）。孔子并未因职务低贱而粗心怠慢，相反做得非常认真。据说孔子20岁的时候结婚，没多久生了一个儿子，鲁昭公还亲自送了一条鱼以示祝贺。孔子的儿子也因此取名为鲤，字伯鱼。可见当时孔子与鲁昭公的关系非常亲密。难怪后来鲁昭公逃到齐国，孔子也跟着去了。

鲁昭公逃到齐国是孔子政治生涯中断的主要原因。当时鲁国有三大权臣：孟孙氏、季孙氏、叔孙氏。其中季孙氏因为祖辈救过当时的鲁国国君，势力最大。鲁昭公时期，季平子与后昭伯斗鸡，双方都耍赖，季平子一气之下发兵攻打后昭伯的城府，后昭伯便去向鲁昭公求救，鲁昭公觉得也应该给季平子点颜色看看了，结果和后昭伯一齐发兵反攻季平子。没想到，二人联手不但没占到便宜，还被打得落花流水。后昭伯死了，鲁昭公逃到了齐国，一直客死他乡。

在这几年里，孔子虽然仕途夭折，但是学生收了不少。颜回他爸，曾子他爸，粮食贩子子贡，身体总是生病的冉伯牛，好斗分子冉求都是这个时期孔子收入麾下的人才。

孔子当时名望非常大，据说在孔子 30 岁的时候，齐景公和晏婴到鲁国访问，也点名要见孔子。所以之后鲁昭公奔齐，孔子也铁定跟随。当时齐景公喜欢孔子，想拿齐国尼地给孔子，后来晏婴给搅黄了。可以理解，一山不容二虎，晏丞相无论如何也不允许一个孔子在自己眼皮子下转悠啊。所以，孔子去了齐国仅仅就做了齐国贵族高昭子的家臣。这一年孔子 35 岁。齐景公也一直不敢重用孔子。孔子便于 45 岁返回鲁国，之后便是在鲁国为了实现政治抱负而饱受争议的十年。

鲁昭公被季平子赶走之后，推举鲁定公做了国君。所以孔子回来的时候，并没有立即得到鲁定公的重用。当然如此，后台换人了，领导总要观察一段时间吧。孔子忧国忧民，对三位权臣不满的情绪很快被鲁定公发现了。于是在孔子 51 岁的时候，鲁定公开始利用孔子维护自己的君王地位了。同时，单纯的孔子并没有发现。

孔子在 51 岁时被任命为中都宰，相当于现在的公安部部长。之后升为大司空，相当于现在的林业部部长，之后孔子在 55 岁再被提拔为大司寇，相当于现在的全国政法委书记。这真是一路高升啊！

在孔子担任大司寇这一年，齐国要挟鲁定公，反而被孔子来了个乾坤大挪移，不仅未让齐国得逞，反而要回了之前齐国侵占鲁国的三块土地。这一下子可立了大功。孔子未费一兵一卒，打破鲁国危机。一回来，未说二话，立即再度升迁，当了鲁国的代相国！

相国就相当于现在的国务院总理，代相国就是代理总理。因此，在鲁国，名义的老大是鲁定公，老二是季氏家族为代表的三桓，老三就是孔子了！孔子成了名副其实的"三哥"！

当了三哥，就要替大哥分忧。大哥最大的忧就是三桓的势力。三哥当然看在眼里，明在心里，二话未说，立刻开始"堕三都"——拆三桓封底的围墙。三哥心想，你们把围墙建那么高要干吗？我就是要你们没有围墙，不要只搞自己的一套。鲁定公看在眼里，乐在心里，心里琢磨着："三桓兄弟们啊，莫怪我啊，是孔丘那个热血青年要干的啊，我只是糊涂蛋一个，你们是了解我的！"

鲁定公玩起了"难得糊涂"，孔子却一头热地要拆迁。自古拆迁就是老大难，最后拆到孟孙氏，死活就是不愿意，当起了钉子户。孔子带兵去协调都不行。最后鲁定公发话了："老孔，真不行就算了吧，大家都是兄弟，撕破脸也不好，做人不能太过啊。"

孔子一听就知道完了。自己的顶头上司就是一个软蛋，自己还能硬到哪里去呢？本来孔子还想再坚持坚持，发生了一件事情，彻底断却了孔子的希望。

这就是齐国的美女胭粉计！

齐国惧怕孔子，也憎恨孔子。凭什么你三寸不烂之舌就要回了我们三块地盘。这回一看鲁国的上层与孔子有了间隙，立马下了两剂猛药。美女和宝马！齐景公选了80位能歌善舞的美女送给鲁国的上层，另外加上几百批上等好马。这一下就打倒了鲁国上层。大家急着分美女和宝马，夜夜笙歌，刻刻欢娱，什么上朝理政，什么治国方略，都统统靠边去！

孔子都看在眼里，此刻的他已经预感到自己被孤立了。没多久，大伙儿玩得连年底的红包（肉）都忘记给他了。那一刻，孔子意识到了，现在到了该离开的时候了。

据说权臣季氏送一块玉诀给孔子，暗示"诀别"之意。于是，孔子告别家人和学生，一个人孤独地踏出了周游列国的第一步。他不会想到，他这一迈，就迈了14年。

孔子悄悄离开了鲁国，半路上被学生拦了下来。大家要跟随孔子一齐出走。老师在鲁国都混不下去了，做学生的肯定被打入冷宫，在鲁国还有何出路呢？从这个角度看，孔子仕途殆尽，也就殆尽了弟子们的仕途。一荣俱荣，一损俱损，古之道也。在孔子身上也验证了这种裙带关系的悲哀。

一帮学生围着孔子，想想这在当时也无疑成为孔子周游列国的最大动力。作为老师的我来看，那一刻肯定孔子是最幸福的，因此他必定默默下定决心，不仅要为自己谋出路，更要为这些可爱的学生们在那时的乱世谋得一席之地！那一年，孔子55岁。

那首先去哪里呢？性格豪迈的仲由（字子路）率先发话：

"夫子，我们先去卫国吧！俺老婆的兄长在卫国做官，他可以帮我们引荐卫国国君。"其实不光是可以打通上层，地理位置也接近，加上文化传统一脉相承，孔子由衷感叹："鲁卫之政，兄弟也！"Ok，let's go！

一帮人浩浩荡荡向卫国进发了！

这么一帮人，唱着歌，浩浩荡荡走在去往卫国的路上，他们还没有到卫国的城门，消息就传到卫灵公的耳朵里了。卫灵公一听，大喜过望，"太好了！孔夫子竟然要到我们卫国来，我一定要把他留在卫国，好让世人都知道我卫某是一个求贤若渴的明主啊!"

卫灵公说这话的时候,身边躺着的一个美女娇滴滴地支起身子。这位美女长得真是漂亮,半裸的身子,肤白如脂,真是风吹玉叶,雨润芭蕉!卫灵公一看身边的美女醒了,便对她说:"南南,告诉你一个好消息,你一直想见的人马上你就可以见到了!"

"谁啊?"

"你的梦中情人,孔仲尼啊!"卫灵公大笑起来。卫灵公之所以这么说,是因为此人的性取向比较多元,不仅喜欢女人,还喜欢男人,还喜欢自己喜欢的女人和自己喜欢的女人喜欢的男人真人秀……可以理解,在那个时候作为一国之君,见识广,口味重也是情理之中啊。所以死后谥号为"灵",淫之谐音。

美女听后立刻坐了起来,不顾赤裸的身子,开心地抱着卫灵公欢呼起来,"太棒了!立刻传召,说我要见他!"身边的人无不掩面叹息,这成何体统,这位嫁过来的宋国公主真乃开放也。

这个女人就是南子,南老师,南先生。《论语》中唯一记载的一位女士,而且用了尊称。孔子甚至为了规范弟子对其的称呼,严格规定对南子的称呼:邦君之妻,君称之曰夫人,夫人自称曰小童;邦人称之曰君夫人;称诸异邦为寡小君;异邦人亦称之曰君夫人。而且,南老师是唯一一位与孔子传过绯闻的女人！漂亮、性感，作风大胆；聪明、睿智，特立独行。这，就是尤物。

话说，没多久孔子就到了卫国，住在了子路老婆的兄长家里。古代做官的都是吃的皇粮俸禄，所以一大帮人的吃饭是不在话下的。而且当时已经有了贵族豢养家臣的风气，因此孔子一下子带来了这么多学生，子路老婆的兄长乐都来不及。

果然没多久，传来诏令，卫灵公要见孔子。之后的情节大家可以想象，孔子去了，按照礼节拜见了卫灵公。卫灵公那个高兴啊！自己国小势微，有了孔子和几千名学生入住，那在当时都是轰动列国的大事啊。在第一次见面的时候，灵公想要孔子教兵法，被孔子婉言拒绝，但是卫灵公仍然打出一张家庭牌，多半是想用南子来稳住孔子。孔子不置可否，找了一个理由推脱掉了。回到家里，众弟子议论开了。

一方赞成孔子去见南子。理由是南子是一国之母，拜见她理所应当。而且当时卫国的实际权力掌握在她的手里，和她处好了关系，对于下一步只有好处没有坏处。

另一方以子路为代表，坚决反对孔子去见南子。理由是，南子这个女人"有淫行"，做事没个度，想一出是一出，而且个人作风不好，（古代的淫是过分的含义）听卫国人说，经常穿着暴露在宫殿大笑，还和之前的初恋幽会，还和谜子瑕和卫灵公混乱在一起。这样的女人，我们堂堂的夫子能去见吗？！

正当孔子犹豫不决的时候，一个消息传来了：卫国贤士文子的儿子刺杀南子败露，叛逃了。而这个文子又和孔子交情很好！这事怎么偏偏孔子一到卫国就发生了？孔子越想越觉得事出有诈，干脆，离开卫国，去陈国吧！

弟子们一听，纷纷赞同，没多久一行人又出了卫门，奔向陈国。可是老天爷偏偏就是不让你孔子离开。孔子一行走到匡这个地方的时候，被当地人误以为是鲁国的大坏蛋阳虎，一起把孔子一行包围了起来。事情传到了南子的耳朵里，立刻派来援兵救出了孔子一行。这一下，麻烦来了。南子替自己解了围，这是见还是不见呢？

被南子解围接回卫国的这一年，孔子已经56岁了。很多人会说，都这么大岁数了，还忌讳什么风言风语啊。其实孔子是忌讳的。一来传统的周礼礼教约束着孔子，师道尊严啊；二来孔子当时56岁，但是依然是一枚"帅哥"。之后司马桓魋要杀孔子其中一个很重要的原因就是因为怕自己的"仪表"不如孔子而失宠。

孔子一行再次回到卫国。这一次，按照礼节来说，孔子是不得不要见南子了。于是孔子便去见了。按照《史记》的记载，当时南子是在卧室里见孔子的，（为什么要在卧室啊?)孔子隔着绸帐向南子叩首,南子回礼,身上的玉环发出了清脆的回响。然后……没有然后了……司马迁没写了,也不知道是作者省去了几千字,还是他却是不知,总之就没有了下文,留下了千古学案(圣人的生活点滴都值得推敲,因此宋儒不止一次探讨过孔子见南子的事件,而成为学案。如二程等)且遗憾!

不过按照常理来推测,再怎么有淫行,也不至于第一次见面就怎么样吧,至少身边还有丫环什么的,卫灵公也许突然会出现,再说身上那么多的玉佩,真的运动起来也不怕吵得慌。但是结果是,孔子回去以后,子路发火了。

子路似乎认定了孔子与南子在卧室里发生了不轨行为。孔子那个气啊,破天荒地诅咒发誓起来了:"予所否者,天厌之,天厌之!"哈哈哈,子路是"吾爱吾师,吾更爱名声";孔老帅哥也是逼得没办法了。

这件事就这么随着时间的流逝过去了,接下来三四年里,孔子在卫国一直相安无事,卫灵公也不重用孔子,孔子有了在鲁国"堕三都"的教训也学会了低调,也不急于表现,安安静静做个美男子,带带学生,读读诗经,看不顺眼的再删掉几段……但是孔子与南子的风言风语却愈传愈烈,有的似乎都传到了孔子的耳朵里。

卫国一个大臣就当着孔子的面讥讽孔子:"孔丘啊,

我问你，有句老话叫做与其向奥神谄媚，不如向灶神谄媚，是什么意思啊？"奥神是大神，灶神是小神，但是却主管着饮食，这句话就是讽刺孔子，你不向卫灵公谄媚，却向着南子谄媚！

孔子当然听得懂。他却回答：做事情要对得起天地良心，即便有两个神保佑，做错了事情又能怎么样呢？这个大臣一看孔子顾左右而言他，没意思，便走了。

但是南子与孔子的风言风语却一直没走。终于有一天，孔子受不了了，在一次视察中，卫灵公与南子在车上卿卿我我，着实打击了孔子。孔子感叹道："吾未见好德如好色者也！"便下决心要离开卫国。

可是，命运注定孔子与南子的纠葛不会那么容易结清。

孔子因为那次车队视察，而备感冷落，心灰意冷之际便再次决定要离开卫国，投奔晋国。那年孔子已经快入60岁的人了，一行人浩浩荡荡来到了黄河岸边，正准备渡河而去，突然得到消息，孔子想去晋国投奔的那个贤人赵简子，杀了晋国的两位贤人。孔子当即对着黄河悲叹起来：苍天啊，为何贤人也会做如此的事情，黄河的水究竟要流往何处去！

学生们刚从离开南子的喜悦中缓过来，便又立即意识到不得不再回去面对南子的结果。一帮学生也气愤起来，再骂也没用啊，总得要有个落脚的地方啊。既然晋国我们是去不了了，那还是暂回卫国吧。

哎……剪不断，理还乱，别有一番滋味在心间，孔子当时是不是这心境？

孔子一行再次回到卫国，卫灵公与南子也觉得纳闷：这是怎么回事？这来来回回是走城门呐？当我们卫国是国际通道啊？但还是很客气地接待了孔子一行。尤其是南子，很崇拜孔子，您老怎么做，我南子都支持你！孔子说：您别，我怕别人误会……

其实卫灵公与南子不断地接纳孔子一行的另外一个原因就是卫国的政局已经脆弱不堪，南子需要孔子这样的贤人名仕来压场。

果然，孔子61岁那一年，卫国发生了政变。南子的儿子蒯聩杀回卫国要夺取属于自己的江山，蒯聩的儿子把持着王位又不愿意给他爸爸。双方各执一派，互相争斗，在这次争斗中，南子不幸死了。史书没有记载孔子的反应，但是有一点可以肯定，孔子一看卫国动乱了，当即带领着学生离开了卫国，去投奔陈国了。

总之，该死的，就这么死了；该走的，就这么走了。没带走一片云彩，没留下半点记载。

拍拍身上的灰尘，振作疲惫的精神，远方依然还有坎坷路，还需要孤孤单单走一生。孔子一行边唱着歌，边走到了宋国，原本准备路过宋国去陈国，没想到，半路杀出来一个司马氏，差点要了孔子的命！

司马桓魋，宋国的美男子，深得宋国国君的信任。孔子还没有到宋国的时候，司马氏就听到了风声。"什么？孔丘这个老匹夫要来我们宋国？那怎么行！"

于是一个人就去刺杀孔子了。为何会一个人？因为杀孔子的理由实在是太低级了，用现在的话说就是怕被孔子抢了风头。孔子一米九几的身高，仪表堂堂，虽然60多岁，但是依然精神矍铄，器宇不凡。时间，对女人是魔鬼；对有些男人，可是最好的化妆品。大叔么，越老越有味道。南子都对孔子那么又敬又爱的，那还有什么不可能呢？鲁国欧巴！为了一个这么小气的理由就要杀了孔子，说出去的确会让人笑话。所以司马氏就一个人去动手了。结果可想而知，司马氏给子路一拳打得七窍流血。司马桓魋大骂：卑鄙小人，打人不打脸，你太卑鄙了，竟然打我的脸！子路说：我以为打的是你的屁股……

孔子站出来说：莫要吵了，我只是借道去陈国，不想留在宋国，您误会我了。既然大家是一场误会，就各自散了吧！

司马桓魋一琢磨，硬嗑也没意思，就散了吧。结果孔子一行顺利到达了陈国。在陈国一待就是三年。还如以往那样，国君也不敢重用，孔子也不争取，倒是有机会就推荐自己的学生做官。

可惜好景不长，吴国开始攻打陈国了。

吴国攻打陈国的时候，孔子正好在陈国，楚国出兵来救陈国，结果也被打败了。陈国沦陷，孔子不得不再次出奔。一行人浩浩荡荡跟着孔子走到了陈国和蔡国交界的地方，麻烦来了……

断粮了！

一断就是好几天。这几天里，孔子充分表现出了贤士达人的气宇。子路饿得大骂，孔子只是抚琴，用音乐来治疗大家的饥饿。围困在那里，成了孔子和他学生最大的危机。据说很多学生就是这个时候离的离、散的散。

这段最艰苦的日子过去之后，一位有名的历史人物登场了，他大肆犒劳了孔子和他的学生，并向孔子请教了很多问题，这个人就是"沈诸梁"，额，不认识？哦，他还有另一个名字，叫"叶公"。这回总认识了吧，对，没错，后来被龙吓死的那位。哈哈。

论语中记载了几处叶公与孔子的对话，从对话中可见这个人的确有点浮，按照现在的话说，就是"泡泡子一个"！所以和孔子交流了几日，始终话不投机。在叶公家饱餐一顿之后，孔子一行再次回到了卫国。为何要回卫国，难道是为了祭奠南子？不清楚，总之是回来了。

这个时候的卫国，儿子依然是国君，老子依然在叛逃，孔子来一看，丢了一句："政者正也"，便离开了。

孔子68岁这一年，孔子的弟子冉求在鲁国立了大功，为了报答孔子的提携之恩，向季康子请求接孔子回国。季康子欣然允许孔子回国。公元前484年，孔子回到了阔别已久的家乡。

孔子历经14年的漂泊，历经坎坷与寄人篱下的艰难，终于在68岁那年回到了自己的家乡。这本该是一件值得庆贺的事情，但是没过多久，不幸的事情一件接着一件地发生了。

首先是接孔子回国的冉求，按照季康子的要求向人民加重赋税，孔子非常不高兴，当着所有弟子的面要和冉求断绝关系。大家心里都很难受，没有冉求立功，孔子是肯定回不来的，孔子内心里是非常喜欢冉求的；可是为了人民，孔子与冉求翻脸了，这就是圣人该做的事情，不会为自己的小仁而害了大义。孔子当时心里难受吗？不用说，肯定无比的难受。

第二件事情就是自己老婆的离世，回来没多久，就去世了，孔子怎能不难受。

第三件事是自己儿子伯鱼的离世。

第四件事是自己最爱的学生，颜回的离世。

第五件事是一直不离不弃在身边陪伴的子路的离世。

子路是孔子看着死的，想拦都拦不住，之后当用子路的肉做成的肉酱放到孔子面前的时候，孔子已经是72岁的老人了，那时的痛苦可想而知……

最后一件事，就是注定孔子命运的"西狩获麟"。当孔子见到那头已经被打死的麒麟的时候，泪如泉涌，吞咽着说道："吾道穷矣，吾道穷矣……"，因为孔子还记得他的母亲和他说过的那个故事，一位仙人牵着一头麒麟来见她，之后孔子便出生了……孔子认定了，自己也到时候了。

"巍峨的泰山即将崩坏，伟岸的天柱就要折断了，一位哲人就要离去了……"孔子自己也忍不住哀凉。

第二年，不堪重击的孔子终于倒下了他伟岸的身骨。那一年，孔子73岁。子贡一直守在他老师的身边。一代伟人，就在如此凄凉的晚景中离开了这个世界，留下了唏嘘无数……

孔子之死

鲁哀公十六年,春季的一天。孔子早早地起床,拄着拐杖站在门外的走廊看着远处的高山,回想起自己颠沛的一生,感慨此起彼伏。往日的情景一幕幕地浮现在他的眼前,亓官氏、伯鱼、伯牛、颜回、子路、南子、昭公、定公……

正所谓:山河破碎风飘絮,乱世浮沉雨打萍。昔人不在已入土,何须滩头叹零丁。

想到此刻,孔子已泪如洗面。孔子低声哼唱起来:"巍巍泰山,快要甭颓;高高梁木,快要断析;炯炯哲人,即将枯萎。"唱完之后,禁不住抽泣,扶着门廊,慢慢坐了下来。子贡在屋内听见了,心中也非常难受,走到孔子身边说道:"泰山崩塌了,就没有后人崇仰的圣山了;梁木要折断,就没有遮雨的屋子;哲人要离开,世人就没有了依靠啊!"孔子只顾摇头,没有说话。子贡忍着眼泪安慰道:老师,进屋休息吧。我想您是病了。孔子慢慢抬起头,看着远方,说道:"不是病了,是我的大限要到了。"

子贡把孔子扶进屋后,孔子就一病不起,大约一个星期后,这位伟大的圣人就停止了思考,时年73岁。

一些伟大的人注定将会被他的时代驱赶、压制、逼迫到最彻底的孤独中去,但是他们却会在孤独中完美地燃烧,不在乎多少年之后对他们的搜寻和怀念的姗姗来迟。孔子的一生就是如此,悲剧的一生同时也是令人尊敬的一生。孔子生前虽然没有实现自己礼治的理想,但是却用自己的躬行与德行获得了巨大的名望,得到了几乎所有国家君臣百姓的尊敬。所以孔子死后,鲁国国君哀公亲自吊唁,并亲自写文哀悼。当时各国的大儒名仕皆前来吊唁。

孔子死后被安葬在鲁国都城曲阜北部的泗水,众弟子皆守丧三年,孔子因为是在子贡照顾期间去世的,子贡非常难过,又守丧了三年。在这三年里,拜谒孔子的人络绎不绝,很多生前没有见到孔子的人,自发地在他墓地旁边种植了松柏,以此赞颂这位为人光明磊落、正直无私的圣人,逐渐形成了规模很大的陵园。子贡在其他弟子的帮助下,也倾其家财,大量收购竹简,抄写孔子生前的话语,送给前来拜谒的人士,宣传孔子的思想。这些竹简后来被世人不断传阅,形成了中华文化最重要的一部典籍《论语》。还有些人,因为思念孔子的德行,竟然就在孔墓边安了家,现在你去曲阜,还有一处地方被称为"孔里",据说这就是当年仰慕孔子的那些人居住的地方。

(参考:《礼记·檀弓》《左传》)

从尸德到仁爱

——试论先秦儒家爱人的实现路径

尸在古代是一种近似于仁的德行,在东汉许慎的《说文解字》中也将尸来比附于仁。但是时过境迁,因为简体字的普及,具有德行的尸却大相径庭,替代了原本的屍字,仅留存了人或动物死后的身体的含义。但是我们依然可以在一些古文献中找到尸德的蛛丝马迹,来重塑古代的智慧,这对于我们理解古代的德行思想、仁爱思想,抑或是民俗风情都具有重要作用。

一、尸的内涵与尸德

许慎有曰:"古文仁,或从尸。"从"或"字可见,这一字出现的时间最为久远。那什么是尸呢?尸的甲骨文写作"⺈",是典型的象形造字法。从字形来看是一个人端庄坐着的样子,所以在相关的金文中,尸字往往都是端坐的形象:⺈。尸在古代大概有如下几层含义:

首先,古意的"尸"指的是先秦祭祀礼仪中,一种特殊身份的人,即在祭祀过程中充当所祭祀神灵象征的

"人"。简单地说就是祭祀时代表死者受祭的人。比如在《仪礼·士虞礼》中注:"尸,主也。孝子之祭不见亲之形,象心无所系,立尸而主意焉。又,男,男尸;女,女尸,必使异姓,不使贱者。"再如在《礼记·曲礼》中记曰:"孙可以为王父尸。"在《仪礼·特牲礼》中认为:"尸,所祭者之孙也。祖之尸则主人乃宗子。祢之尸则主人乃父道。"相传孔子的学生有子也是因为外貌酷似孔子,所以在孔子去世之后被弟子拥戴为老师,以缅怀孔子。只不过秦汉以后,中原汉族文化圈中的立"尸"礼逐渐衰微。周边一些少数民族,如鲜卑族拓跋部,还保留着立"尸"的礼俗。所以到了汉代,尸位被认为是空占着位置不做事的贬义,在《汉书·朱云传》中有言:"今朝廷大臣,上不能匡主,下亡以益民,皆尸位素餐。"因此尸位素餐变成为空占着职位而不做事、白吃饭的含义了。但这里的尸位,说的就是这层含义。

其次,古意的尸还有着夷的含义。有关学者考证,在商周时期的甲骨文和金文中"夷"经常于"尸"或"人"字互为通假。如结合郭沫若主编《甲骨文合集》(中华书局1999年版)与胡厚宣主编《甲骨文合集释文一》(中国社会科学出版社1999年版),第828例:"用十人(尸)于丁,卯一牛。"表示用十个来自夷方的人来祭祖先丁，宰杀一头牛；再如第6 459例："征人（尸）"，表示攻打夷方，又可借指来自尸方即夷方的人。金文尸也常通读作"夷"，表示蛮夷。默钟："南尸（夷）、东尸（夷）具视，廿又六邦。"也就是说，古代的尸和夷常为互换。古文化史学家庞朴先生在其《中国文化十一讲》中认为，之所以两个字可以互换，是古人喜将一个地区突出的美德来专指一个地区人的习惯使然。因此有尸德的人住在一起，就用这个族群的人普遍都遵从的"尸德"来命名这个地方，这个地方就叫"尸方"。在先秦夷人提倡尸德，故尸夷互换，所以在《论语》中出现了两次孔子的称赞：如"子欲居九夷""礼失而求诸野"[①]。巧合的是，尸放也位于九夷这里，所以大体可以认定对先秦的夷人比中原的汉人更加推崇尸德，以至于孔子面对着失礼的中原都想着去东夷寻礼。

然后，仁的含义，我们可以推测出尸德是和儒家孝亲思想直接联系在一起的。只不过尸德强调形式与外化的遵从，而孝亲强调理论与内化的遵从。但是二者在对血缘的遵从也就是孝亲的主张是一致的。庞朴先生认为，早期的"尸"德，就是孝，也就是孔子推崇的"仁"德

---

① 笔者注：野，郊外也。孔子站在齐鲁两国的角度来看，沿海的部落自然就是"诸野"了。

最早的雏形。所以在东汉许慎的《说文解字》中，对仁的理解就有"古文仁，或从尸"的记载。只不过当时的人是用"尸方"这个地区特有的孝悌美德——"尸"这个字来表达而已。所以庞朴先生认为，仁和尸本身就是同字，"仁"字只不过是尸加上两横饰笔"⺊="。

但为什么其后又会出现许慎所说的"从千心"的"𢗘"字呢？显然字形的改变，也注定了尸德是增加了其他的内涵而发展成了"𢗘"。

二、"从千心"的仁爱与"身、直、礼、乐、学"的实现路径

郭店楚墓竹简的发现，让我们看到了许慎所记载的古文字"从千心"的"𢗘"字：上面一个身，下面一个心，① 这是孔子时代仁字的写法，也是孔子将"尸"德从一个区域性的美德发扬到普遍性美德的一个创造。可见，先秦儒家的"仁"突显的是身在心上，也就是注重

---

① 郭店楚墓竹简中关于古文仁，主要有三种形态：一是从千心，一是从人从心，一是从身从心，但是基本可以确定皆为古字从身从心的变体。可参考《郭店楚墓竹简》，湖北，文物出版社，2002年版；或《庞朴文集》，山东，山东大学出版社，2005年版，第71页；《"仁"字臆断》，寻根，2001年第1期。

"人",当我们结合《论语》①来看这个古字的时候,我们可以窥探出以下几层含义:

一是,"身"是"仁"的基础。

大到肉身,小到头发,古人尤其看重自己的"身"。《论语·泰伯》记载:"曾子有疾,召门弟子曰:'启予足!启予手!'"②朱熹集注曰:"曾子平日,以为身体受于父母,不敢毁伤,故于此使弟子开其衾而视之。"后因以"启手启足"为善终的代称。在儒家经典《孝经·开宗明义》即曰:"身体发肤,受之父母,不敢毁伤,孝之始也。"③孟子亦曰:"事孰为大?事亲为大;守孰为大?守身为大。"《孟子·离娄上》同样的例子还有,《晋书·陶侃传》:"臣年垂八十,位极人臣,启手启足,当复何

---

① 关于引用《论语》版本的问题,从《礼记》中的《坊记》来看,《论语》成书很早,应该是在孔子去世之后不久由其学生编撰,但是经历了秦朝的焚书及秦末战乱一度失传,到了汉代出现了若干版本,最著名的是《古论语》《齐论语》《鲁论语》三个流派,差异主要体现在文字、篇名和篇数上。东汉末年郑玄以《鲁论语》为基础,结合《齐论语》《古论语》编校一版本,后唐代佚失。魏晋南北朝时期何晏等编撰《论语集解》十卷为现传最早《论语》的完整注本。我们认为如今的《论语》可能和最早的《论语》在文字、篇名、篇数上有不同,但基于《论语》注释版本的发展可见,孔子及其学生的主要思想肯定还是一脉相承的,因此,这里结合如今的《论语》版本也具有一定的说服力。

② [宋]朱熹撰,《四书章句集注》,中华书局1983年版,第103页。

③ 胡平生译注:《孝经译注》,中华书局1996年版,第1页。

恨!"《周书·明帝纪》:"朕得启手启足,从先帝于地下,实无恨于心矣。"《北史·薛濬传》:"既而创钜衅深,不胜荼毒,启手启足,幸及全归。"亦省作"启手足"。唐朝白居易在《故滁州刺史赠刑部尚书荥阳郑公墓志铭》中亦书曰:"逮启手足,卒如其志。"宋朝苏轼在《答孙志康书》中也言:"藏之家笥,须不肖启手足日,乃出之也。"这些例子不但体现出古人对待生死的一种态度,更体现出了由对身体的爱护而引发的对祖先、对孝道的遵从。这种思想构成了中国传统"孝文化"的重要组成部分。身体是父母给的,血缘更是。毁弃了身体就是毁弃了血缘血脉,就是背弃了父母血亲和家族,这自然就由对"身体"的遵从引发到对"血缘"的遵从。《孟子·尽心上》中曾引用过一个事例,说的是对血缘的遵从。

桃应问曰:"舜为天子,皋陶为士,瞽瞍杀人,则如之何?"曰:"执之而已矣。""然则舜不禁欤?"曰:"夫舜恶得而禁之?夫有所受之也。""然则舜如之何?"曰:"舜视弃天下犹弃敝蹝也,窃负而逃,遵海滨而处,终身䜣然,乐而忘天下。"《孟子·尽心上》①

舜的父亲瞽瞍犯了错,舜应该依法将自己的父亲交

---

① [宋]朱熹撰,《四书章句集注》,中华书局1983年版,第三五九—三六〇页。

给法官处置；但是到了夜里，却偷偷地从牢房里营救出他的父亲，再带着他跑到海边隐居起来。这强调的是对血缘的一种遵从。这是"从身，从心"的要求，这里的身，表达的是对父母给予身体的遵从，更是对血缘的遵从。

从对身体的遵从，到对血脉的遵从，这也就是前文所说的尸德之孝，这种德性本能自发产生，扩而充之再到对自己对他人的忠恕，所以孔子的仁必然"亲亲为大"，也必然"爱有差等"。所以孔子的"仁"在一开始就既不同于"兼爱"，也不同于"博爱"，而是"亲亲"，也就是：先爱自己的父母家人，再爱家族的其他人，再爱家族外的邻居，再爱国人，这就是对身体对血缘的遵从。

二是，"直"是"仁"的前提。

身体是客观的，基于身体的"情"也就是客观的，客观真实地表达出这种情感就是"直"。简单地说，"直"就是实事求是，真情流露，俗话说叫"直肠子"。《论语》的子路篇和公冶长篇中有两处关于"直"的表述值得我们注意：

一处是基于"血缘"的真情实感：叶公语孔子曰："吾党有直躬者，其父攘羊，而子证之。"孔子曰："吾党之直者异于是：父为子隐，子为父隐，直在其中矣。"

(《论语·子路》)①

叶公说他们乡里,一个父亲偷了东西,儿子就去指认他父亲,说这样是直;孔子不同意,认为父母对子女的爱和子女对父母的袒护都应该是发自内心的最真实的情感,所以"直"应该是"父为子隐,子为父隐"。

另一处是基于"事实"的真情实感:子曰:"孰谓微生高直?或乞醯焉,乞诸其邻而与之。"②

意思是说孔子不认为微生高"直",因为在孔子看来,家没有醋就没有醋,何必跑到别人家里借醋,再借给邻人呢?有就是有,没有就是没有,符合事实的行事就是"直"。

所以在孔子看来,直就是"是就是是,不是就是不是","知之为知之,不知为不知,是知也",是直。按照现在人的话说,就是不虚伪,做人真实,是一个真性情的人;相反,那些喜好甜言蜜语、表面一套、背后一套、口蜜腹剑的"巧言令色"之徒,就"鲜矣仁"③。正因为基于"事实"的直,所以孔子对"子路问事君"的回答

---

① [宋] 朱熹撰,《四书章句集注》,中华书局 1983 年版,第一四六页。
② [宋] 朱熹撰,《四书章句集注》,中华书局 1983 年版,第八二页。
③ [宋] 朱熹撰,《四书章句集注》,中华书局 1983 年版,第四八页。

是"勿欺也,而犯之";正因为基于"真实情感"的直,才能"唯仁者,能好人,能恶人""仁者必有勇"①,所以孔子主张"以直报怨,以德报德"②,都是强调真实情感的直接表露,所以,"仁"并不需要太多花哨去装帧,去粉饰,所以子曰:"焉用佞?御人以口给,屡憎于人。不知其仁,焉用佞?"③ 或曰:"雍也仁而不佞。"④ 司马牛问仁。子曰:"仁者,其言也讱。"⑤(讱就是言语迟钝的样子)子曰:"刚毅木讷近仁"⑥ 符合性情的表达不需要语言的装帧,仅仅就是表达出真实的而已,故"为仁由己""我欲仁,斯仁至矣",这些就是"近乎仁"的最直接的方式。但是有生活体验的人都清楚,往往真实的人,也最容易伤害到别人,因而孔子进一步提出了对"仁"的约束。

---

① [宋]朱熹撰,《四书章句集注》,中华书局 1983 年版,第一四九页。

② [宋]朱熹撰,《四书章句集注》,中华书局 1983 年版,第一五七页。

③ [宋]朱熹撰,《四书章句集注》,中华书局 1983 年版,第七六页。

④ [宋]朱熹撰,《四书章句集注》,中华书局 1983 年版,第七六页。

⑤ [宋]朱熹撰,《四书章句集注》,中华书局 1983 年版,第一三三页。

⑥ [宋]朱熹撰,《四书章句集注》,中华书局 1983 年版,第一四八页。

三是,"礼"是"仁"的约束。

在孔子看来,保存了"身",做到了"直",也仅仅是"近乎仁",(子曰:"直近乎仁"、"刚、毅、木、讷,近仁")因为在现实生活中,真实的人往往会因为直接的情感而伤害到别人;因此在孔子看来,要保障这种真实的品格,还必须要有一种外在的约束,这种约束就是"礼"。孔子的"绘事后素"说的就是这个道理,《论语》曰:

"子夏问曰:'"巧笑倩兮,美目盼兮,素以为绚兮",何谓也?'子曰:'绘事后素。'曰:'礼后乎?'子曰:'起予者商也,始可与言《诗》已矣。'"(《论语·八佾》)

这里借诗言仁,说的就是"直"与"礼"的辩证关系。《论语》中也出现了多次将"礼"与"仁"并论的地方,如:

子曰:"恭而无礼则劳,慎而无礼则葸,勇而无礼则乱,直而无礼则绞。"(《论语·泰伯》)

颜渊问仁。子曰:"克己复礼为仁。一日克己复礼,天下归仁焉。为仁由己,而由人乎哉?"(《论语·颜渊》)

从这些论述中都可以看出孔子的"直""礼"辩证的观点,如果说直就是遵于情,那"发乎情",就要"止乎礼"。但是光有外在的约束,只会显得人教条和呆板,一个具备"礼"的厚道人,还必须要有一种由内而外的灵气,这种灵气不是外在强加遵守的,而是腹中有书气自华的。在孔子看来,"艺术熏陶"是赋予灵气最好的手段,这种手段也就是"乐"。

四是,"乐"是"仁"的升华。

如果说"礼"体现于外,那"乐"则彰显于内。《礼记·乐记》中有曰:"乐者,音之所由生也,其本在人心之感于物也。是故其哀心感者,其声噍以杀;其乐心感者,其声啴以缓;其心喜感者,其声发以散;其怒心感者,其声粗以厉;其敬心感者,其声直以廉;其爱心感者,其声和以柔。"① 在孔子看来,内在的心境能与音乐内外交感,而引发共鸣起到艺术的熏陶,这效果并不亚于外在的教化,能使得人的心灵与德行得到升华。故"乐者,通伦理者也。是故知声而不知音者,禽兽是也;知音而不知乐者,众庶是也。唯君子为能知乐。"② 因为,艺术可以引发人的共鸣,能够激发人的审美,可以改变人的气质,可以促使人去向善。总之,艺术对于一个人的情操陶冶、气禀培育有着非常积极的作用,而孔子首选的艺术教化方式就是"乐"。关于乐对人情感的熏陶,《论语》中也有诸多记载:

《论语·八佾》:"子谓《韶》:'尽美矣,又尽善也。'

---

① [清]朱彬:《礼记训纂》,中华书局1996年版,第五五九—五六〇页。

② [清]朱彬:《礼记训纂》,中华书局1996年版,第五六二页。

谓《武》:'尽美矣,未尽善也。'"《论语·八佾》:"子曰:《关雎》,乐而不淫,哀而不伤。"《论语·述而》:"子在齐闻《韶》,三月不知肉味,曰:'不图为乐之至于斯也!'"

《论语·卫灵公》:"颜渊问为邦。子曰:'行夏之时,乘殷之辂,服周之冕,乐则《韶》《舞》。放郑声,远佞人。郑声淫,佞人殆。'"

孔子对于音乐教化目的就是德性的张扬。所以据司马迁考证:孔子学鼓琴师襄子,十日不进。师襄子曰:"可以益矣。"孔子曰:"丘已习其曲矣,未得其数也。"有间,曰:"已习其数,可以益矣。"孔子曰:"丘未得其志也。"有间,曰:"已习其志,可以益矣。"孔子曰:"丘未得其为人也。"有间,有所穆然深思焉,有所怡然高望而远志焉。曰:"丘得其为人,黯然而黑,几然而长,眼如望羊,如王四国,非文王其谁能为此也!"师襄子辟席再拜,曰:"师盖云《文王操》也。"①

从司马迁记载孔子学琴的经过可见,孔子并非为了追求学个表面,而是将学琴与领会圣贤的存心结合在了一起,目的是要用"乐"来指导生活,指导实践,体证自我。据传孔子在世曾修改《乐经》,可惜《乐经》轶

---

① 〔汉〕司马迁:《史记》,中华书局1982年第二版,第一九二五页。

亡，如果《乐经》在世的话，孔子音乐教化的理论一定是异常丰富的。

五是，"学"是"仁"的要求。

在孔子看来，有仁的人，不学则无智，无智则"可陷""可罔"，那也不是仁。这类观点《论语》中有：

子夏曰："博学而笃志，切问而近思，仁在其中矣。"（《论语·子张》）

好仁不好学，其蔽也愚；好直不好学，其蔽也绞。（《论语·阳货》）

在孔子看来，学习的方式有很多，有直接从书本获得的知识，也有从朋友交往中获得的知识。"三人行，必有我师焉。"与朋友交往不仅可以获得知识，也可以在与朋友的交往中提升自己的相处艺术，正所谓"世事洞明皆学问，人情练达皆文章"的道理。联系我们的生活皆有体会：和虚伪的人做朋友会很累，而和真实的人做朋友不仅会化繁为简，还会有所收获。昔日孔子周游列国，对此肯定深有感悟，故孔子认为"君子以文会友，以友辅仁"，（《论语·颜渊》）这个"辅"，说的就有交往中互相学习、互相进步的意思。

因为学可以使人进步，可以使人睿智，所以"仁人"虽然率真，但不愚笨；虽然口讷，但不愚蠢，所以即便有了"依于仁"的性情而动，也不会被人愚弄。《论语·

雍也》中曾记载过宰我与孔子的一段对话，其中可见孔子"学而为仁"的观点。

宰我问曰："仁者，虽告之曰'井有仁焉'，其从之也？"子曰："何为其然也？君子可逝也，不可陷也；可欺也，不可罔也。"这句话孔子就告诉我们：仁人，虽然是一个真性情、敦厚直率、有礼有节的人，但绝不是愚蠢的人。

综上所述，"仁"是基于"身"、发乎"直"、止于"礼"、升于"乐"的一个思想体系，"学"贯穿其中。"身"体现的是对身体和血缘的膜拜，"直"体现的是对"发乎身"真实情感的推崇，"礼"体现的是对真性情的约束，而"乐"体现的是一种对其由内而外艺术教化的提升。因此，据于"身"，孔子引发出了"孝、悌、忠"等理论主张；据于"直"，引发出了"正心、诚意、修己、忠恕"等理论主张；据于"礼"，引发出了关于"仁政、德治、礼治、修身"等理论主张；据于"乐"，引发出了关于"艺术陶冶、道德教化"等理论主张。所以，整个先秦孔学的理论观点，都是基于"从身，从心"的仁而阐发出的一套理论体系，无论是对于家国一体，还是对于人与人、人与物、人与自然的关系，都是基于对身、对情的一种溯源——说到底，就是对"人"的自觉。

有两点需要补充说明：

一是同为郭店楚墓发掘出来的《性自命出》一篇的观点也直接佐证了孔学"基于身,基于情,基于己""仁"的观点,文中曰:

"性自命出,命自天降。道始于情,情生于性。始者近情,终者近义。"① 其中"道始于情"的"情",不就是"仁"的前提——真实情感吗?

二是这里需要对"孞"的"心"做一个说明。首先"心"和"仁"不是一回事。子曰:"回也,其心三月不违仁,其余则日月至焉而已矣。"(《论语·雍也》)从孔子的这句话中可见,心非仁,心更多的是一种意识的主导,一种关注。其次我们从郭店竹简中其他带"心"的古字可以发现,这种"从心"的古字表达的就是一种掺杂某种心态的行为而已。庞朴先生在其研究中有详细的举例论述,此不赘述②。

可见,对别人真,对自己诚,能实事求是、有礼有节表达自己真实情感的德行,就是孔子的仁。这种德行在人际交往中可以表现为"爱人",也可表现为"恶人"。

这种顺应自身的理论主张出现并不是偶然。儒道为先秦思想主流,按照儒道同源的观点来看,道家遵从自

---

① 《郭店楚墓竹简·性自命出》,文物出版社2002年版,第68页。

② 庞朴:《中华文化十一讲》,中华书局2008年版,第105页。

然，儒家也应该遵从自然，儒家的自然就体现在对"人"的本能情感的一种遵从上。人区别于万物最主要的特征就是"有情"（巧合的是，其后的佛学也是将万物众生分为有情和无情两类），而情是每个人最真实的表露，无法欺骗自己，隐瞒自己，所以先秦孔学自然将道与情构建在一起，符合情的就是真实的，不符合情的就是不真实的。所以，在孔子看来，考量好坏的标准就是"换我心，为你心"，所以"己所不欲勿施于人"、"己欲立而立人，己欲达而达人"，这些都是一种类似于亚当·斯密的"同情"主张，但是根源都在于这个无法欺骗自己、隐瞒自己的"情"。

说到这里，我们就能进一步理解古人认为"仁，发乎端"的含义。周敦颐认为：仁也，物之始也；义也，物之终也。这里的"始"可作"情之始"理解。只有遵照自己的情感，按照礼乐的要求去做人做事，人自然就会无愧于心，达到"君子坦荡荡""仁者不忧""仁者寿""随心所欲不逾矩"的道德境界。同样，"仁者与天地万物为一体"，既是"爱"的一体，也是天地万物"真实"且"自然而然"的一体。从这一点来说，我们常说，儒道同源而殊途，"殊途"的是儒道二家对"人"对"自然"的不同切入，而"同源"的则正是对这种"自然本性"的看重与遵从。

三、爱人的实现路径

从以上的分析可见，先秦儒家的"仁"不仅仅是"爱人"，更是告诉我们如何去爱人的方法。它表现为爱人，但却通过身、直、礼、乐、学的实践在现实中落实如何去爱人。首先要爱惜自己的身体。其次要做一个真实的人。再次需要礼来约束。然后需要艺术的灵动与审美。最后要不断学习。

身和心是构成先秦儒家"仁"本意的重要组成部分，在现实表现中可以表现为"爱人"，也可以表现为"恶人"。敦实厚道，能有礼有节表达自己真实情感的德行对于个体道德发展有着更为人性的指导意义。先秦儒家"仁"的思想以自身为出发点，提倡合情合礼，真情流露，这是更符合人性，更易操作的；而"为仁由己"，"独善其身"路径的长期忽视，很难不造成主观意识与客观方式的脱离，造成说一套、做一套，上面一套、下面一套，形式主义、空浮于事。这也是我们长期以来对于道德建设最后难免沦落到空喊口号囿地的原因。以人为本的孔学"仁"意推崇必将另辟蹊径，堵塞道德教育脱离实际与道德至高主义、道德完美主义的"高大上"的路径，开辟一条真正以人为本能够让人们更易从善、更易从仁的路径。同时敦实厚道，能有礼有节表达自己真实情感的德行对于社会道德建设有着更实效的指导意义。社会风气的净化根源在于做人上。我们很难想象一个巧言令色之徒能有多么高尚的道德情操,同样,一个尔虞我诈的人际关系又能催生出多少健康的社会风气。所以社会道德建设,落脚点还是人本身。如今我们提倡道德建设,更多强调的是第三方的道德教育、氛围营造和社会治理三个方面,对于人自身的情感实践因为缺乏客观的标准,一般处于从属前三者的地位。但是孔学的"仁"主张,首先主张"生于身""生于情",将人的情感纳入道德教化的领域,这对于社会道德风气的建设更是直接触达人心本体,对于道德建设的效果也有着值得借鉴的理论智慧与实践意义。

照片为作者所看的《四书章句集注》各个版本

养生短论

今天和同事说到养生,有人主张动养,有人主张静养,其实自古养生就分两派:主静和贵动。前者强调生命在于不动,以静养生;后者强调生命在于运动,以动健体。

来源还是古人对自然的认识,主静论来源于贵无思想,如王弼"寂然至无是其本矣",老子也尚无,无为静,宇宙本体为无,天人合一,人也必然要主静。

但是正如我说的,古代的无也就是"無",实则是大有群有。正如王夫之所言,有是绝对的,无是相对有而言,没有绝对的无;如此来说,岂有绝对的静呢?

主静养生本就是个伪命题,生命还是在于运动,正所谓,"一阴一阳非道也,循环不已,乃道也。"只有运动起来才能阴阳循环不已,才能变通久。所以,还是运动养生为妥。至于"度"的问题,则属"中庸之道"的范畴论了。

照片为书房一景

换花甲法

古人的花甲通常分为年月日时,称为"四柱",因为每一柱各有一天干地支搭配,故又称之"八字"。换花甲法也就是按照年月日时的顺序,将每一个时间换成干支。换花甲纪年法,网上有很多种方法,但是很多都存在一定的问题,要么格式对,但是每一项的标准没有弄清楚;要么对应的顺序乱排,结果也不一样。本人曾按照网上网友给的方法演算,耗时耗力。因此本人并不推荐网上提供的方法。

一个人的花甲干支,一般分为年干支,月干支,日干支,时干支。

以1990年5月21日为例。我们首先来看如何换年干支。如1990年5月21日。年干支就是将1990年换成干支纪年。这个方法比较简单。干为1990的0,支为1990除以12得到的余数,10。这两个数字得到之后,开始查找天干地支对应的数字表。这个数字表很奇怪,以4为始,天干以10为一循环,地支以12为一循环。10和12分别以0记。甲乙丙丁戊己庚辛壬癸,分别对应4,5,6,7,8,9,0,1,2,3。子丑寅卯辰巳午未申酉戌亥,分别对应4，5，6，7，8，9，10，11，0，1，2，3所以年干支即为庚午。需要注意的是，如果月份为一月、二月，则年往前推一年，1990即为1989。这就避开了农历和阳历的时间差。

下面来看换月干支。换月干支就需要熟记六十花甲表。表格如下：

甲子	丙子	戊子	庚子	壬子
乙丑	丁丑	己丑	辛丑	癸丑
丙寅	戊寅	庚寅	壬寅	甲寅
丁卯	己卯	辛卯	癸卯	乙卯
戊辰	艮辰	壬辰	甲辰	丙辰
己巳	辛巳	癸巳	乙巳	丁巳
庚午	壬午	甲午	丙午	戊午
辛未	癸未	乙未	丁未	己未
壬申	甲申	丙申	戊申	庚申
癸酉	乙酉	丁酉	己酉	辛酉
甲戌	丙戌	戊戌	庚戌	壬戌
乙亥	丁亥	己亥	辛亥	癸亥

如果年干支的干为庚，就在纵行找到乙庚那一列。正月都以寅开始，从戊寅往下数四列。即为月干支。所以五月的月干支为辛巳。

有人会问，既然戊寅为正月，五月应该是壬午啊，为何是四月的辛巳呢？因为农历在阳历里是以十二月配一月，所以要减掉一月。需要注意的是，这个表格非常的重要，为六十一甲子纪年表，不一定要熟记，但是要求能够随时画出来，以便查阅。

下面来看 1990 年 5 月 21 日的日干支。这个是最为复杂的。日干支有两个公式：G＝4C＋［C/4］＋［5y］＋［y/4］＋［3＊(m+1)/5］＋d－3，G/10＝天干

（得到的数字除以 10，余数找对应的天干。这里的天干顺序是以 1 开始。）

Z＝8C＋［C/4］＋［5y］＋［y/4］＋［3＊(m+1)/5］＋d＋7＋i，Z/12＝地支

（得到的数字除以 12，余数找对应的天干。这里的地支顺序是以 1 开始。）

其中 C 是年的前两位数。y 是年份后两位。m 是月份，d 是日数。［ ］表示取整数。奇数月 i＝0，偶数月 i＝6，年份前两位，需要注意的是：1 月和 2 月按上一年的 13 月和 14 月来算，因此 C 和 y 还是需要按上一年的年份来取值。

两个公式一定要牢记。同学们现在知道了，我今天之所以没有演示，因为这个算法非常耗时间。

下面，我们来算：

天干＝G＝4＊19＋［19/4］＋［5＊90］＋［90/4］＋

[3*(5+1)/5]+21-3=573　573/10=57余3。3为丙

地支=Z=8*19+[19/4]+[5*90]+[90/4]+[3*(5+1)/5]+21+7+0=659　659/12=54余11。11为戌

因此，1990年5月21日的日干支为丙戌。

最后来看时干支，也就是出生时间段的干支。这个知道了花甲表，就非常的简单了，只要找出相对应的即可。比如出生在下午5点多。找到前面的花甲表。

		甲己	乙庚	丙辛	丁壬	戊癸
23—01	子水	甲子	丙子	戊子	庚子	壬子
01—03	丑土	乙丑	丁丑	己丑	辛丑	癸丑
03—05	寅木	丙寅	戊寅	庚寅	壬寅	甲寅
05—07	卯木	丁卯	己卯	辛卯	癸卯	乙卯
07—09	辰土	戊辰	艮辰	壬辰	甲辰	丙辰
09—11	巳火	己巳	辛巳	癸巳	乙巳	丁巳
11—13	午火	庚午	壬午	甲午	丙午	戊午
13—15	未土	辛未	癸未	乙未	丁未	己未
15—17	申金	壬申	甲申	丙申	戊申	庚申
17—19	酉金	癸酉	乙酉	丁酉	己酉	辛酉
19—21	戌土	甲戌	丙戌	戊戌	庚戌	壬戌
21—23	亥水	乙亥	丁亥	己亥	辛亥	癸亥

找到左边对应的五点多的一排，再对应日干支的天干，丙。交叉的结果即为时干支。即为辛卯。

综上所述,1990年5月21日下午五点多出生的人八字即为:庚、午、辛、巳、丙、戌、辛、卯

四柱即为:庚午、辛巳、丙戌、辛卯

不知道大家会了没有。当然如果以求简单,完全可以买一本万年历找到对应的时间,即可知道。或是干脆在手机里面下载万年历的程序软件,连书都不需要买了。但是我认为,这样一来,传统文化的味道就没有了,不知道来龙去脉,只知道结果,那还有什么意思呢?别人看来也就这样而已,得力不讨好,还是学会这些硬功夫方为上策。

照片为宿舍书桌一景

否卦就该否吗

泰者通也,物不可以终通,故受之以否。否,通泰到了极致就会否,所以泰卦之后是否卦。从初六的守持正固可获吉祥,到六二的包容顺承,可一时获利;再到六三的窝藏邪祸,终获羞辱;再到九四奉命执为,相依相扶;到九五居安思危,休止否道;到最后的扭转否泰,终获喜事。可见否卦告诉我们的就是在诸事不顺、面临否道之时,要有否极泰来的乐观精神和转否为泰的毅力和信念。

关于否卦,有趣的地方很多,挑几个来说。

一是卦辞"否之匪人"的理解。

在周易里,匪这个字基本同于"非",表达对人道、人伦的一种否定。当然有的解读为匪徒的匪,就是强盗的意思。在我看来,只要能解释得通,于卦辞的象辞和爻辞不相违背,也未尝不可。古文微言大义,惜墨如金,往往一个字就可以延伸出很多的内涵,在理解的时候不仅需要我们的知识,还需要一种联想和悟性,去体会这种只可意会不可言传的妙处。这就是文言文的魅力。

从上下文可见,这里的"匪人",基本排除和"匪徒"之匪的关系了,而是"违反的人道"的含义。为什么违反人道呢？这里就涉及中国哲学的一个非常重要的概念：三才。

所谓三才，即天人地——有的也称之：天道、人道、地道。这是阴阳之所倚，五行之所构，具有重要的人文意义。三才是宇宙生成的重要阶段，对于理解人的地位和意义至关重要。关于宇宙生成的过程，二程的老师周敦颐说得最为完备，完备到将之图示与霍金在《果壳中的宇宙》中描述的宇宙生成图示对照，都能一一对应上！文章百八来字，默写如下，于诸公分享：

无极而太极。太极动而生阳，动极而静，静而生阴，静极复动。一动一静，互为其根。分阴分阳，两仪立焉。阳变阴合，而生水火木金土。五气顺布，四时行焉。五行一阴阳也，阴阳一太极也，太极本无极也。五行之生也，各一其性。无极之真，二五之精，妙合而凝。乾道成男，坤道成女。二气交感，化生万物。万物生生而变化无穷焉。唯人也得其秀而最灵。形既生矣，神发知矣。五性感动而善恶分，万事出矣。圣人定之以中正仁义而主静，立人极焉。故圣人"与天地合其德，日月合其明，四时合其序，鬼神合其吉凶"，君子修之吉，小人悖之凶。故曰："立天之道，曰阴与阳；立地之道，曰柔与刚；立人之道，曰仁与义。"又曰："原始反终，故知死生之说。"大哉易也，斯其至矣！

有人或许会问，这篇文章写得倒是好，可是没有出现"三才"二字呀？哈哈，虽然没有出现，但是周老师借助了阴阳来说三才的形成，三才借助于阴阳的运行而生，再反哺阴阳生成乾坤二道，再反哺乾坤生成五行，再反哺五行生成繁殖力乃至于万物。注意这里的词："反哺"，就意味着所有的一切生成，都是化生，而不是派生，并且不是机械地生成，而是不断融合不断进化。感兴趣的朋友，可以查一篇文章《郭店楚墓竹简》中的《太一生水》，将《太一生水》与《太极图说》结合一起来读，就能更加深刻理解宇宙的生成了。

好了，不多扯了。可见，天地相交，万物生于其中，三才完备，人得其秀而最灵！天地不交，万物不生，则无人道！

所以卦辞"否之匪人"，就是从三才的角度来说明，天地不交而万物不生，万物不生则无人道；无人道则"匪人"，否卦既然不生人道，那必然是不好的情况，要小心应对。

第二个有趣的点，是对"六二，小人吉，大人否亨"的理解。

六二阴爻居阴位，其位得正，所以对阴柔的小人而言是件好事，而对于阳刚的君子而言，则不亨通。可是在现实的伦理关系中为什么会出现这样的情形？

在现实中我们往往会发现一种情形,当乱象盛起,群魔乱舞,君子道消,小人道长。此时的君子要么随波逐流,要么坚守自道,不愿意枉己屈服。所以六二的象传总结道:"大人否亨,不乱群也。"君子在正道不通的时候,守其正节,不杂乱于小人之群类,虽然身居否道,但心正耳,所以为"否通"。这让我想到孔子在中庸中的话:

"国有道,不变塞焉,强哉矫。国无道,至死不变,强哉矫。"

君子不以道而身亨,而应以身而赴道。有这种精神的君子,才能称得上"大人",才能称得上是"强哉矫"啊!

第三个有趣的点是我们要跳出否的框框,来反思一下"天地不交"果真否乎?

天地不通,是好是坏?这不是一个低级的问题,而是一个严肃的问题。即便是在理解否卦的时候,我们都要严肃思考这个问题。毕竟否卦的六个爻辞,没有一个说凶,相反却有着"小人吉""吉亨"的辞解。这是为什么呢,因为在古人看来,天地不交,也是迫不得已;既然迫不得已,那就必有隐情。

这里就不得不说到一个词语:绝地天通!

所谓的绝地天通,就是将天地隔绝开来。这四个字在《尚书》和《国语》中都有记载。《尚书》中记载,在上古时代,尧命羲、和,掌管天、地、四时之官,使人神不扰,各得其序,史称"绝地天通"。而在《国语》中,则认为是上古的颛顼帝发动的"绝地天通"。颛顼帝为什么发动绝地天通呢?我们结合《山海经》和《国语》大致可以推测出这样的大事:

相传在上古黄帝时期,人和神可以通过昆仑山互相往来,因此人和神是混居在一起的。这一阶段就很像希腊神话所记载的那样宙斯是可以来到人间诱奸女性、雅典娜也可以来到人间帮助人类获得和平一样。人和神混居在一起,就避免不了冲突。果然到了颛顼的时候,有一个叫做共工的神前来挑战,两个神打在一起。共工打不过颛顼,就用头撞不周山,然后就发生了大家都知道的大事:天地塌了。

女娲非常生气,就赶紧补天。天补了之后,地上的水位又上升。大洪水又来了。这时候的大洪水,据研究发现,和西方圣经的大洪水,时间线基本一致。所以也从另一个角度证明了史前大洪水的真实性。

颛顼帝打败共工之后非常不高兴,因为他发现一个问题,之所以统治出现很多问题,缘由在于人神共居——有的神会欺压人,有的人会反抗神;有的人利用神来谋私利,有的神利用人来争权利。很多神从人的保护者变成了人的施害者,有的人从神的代言人变成了人的剥削者。神中不断出现像共工这样挑战他权威的神，人民的生活也开始不断走向衰落。

于是颛顼帝想到了一个办法，他召集了重和黎两个人决定还是要断绝人与神的来往。

他凝聚他人之心，命令重两手托天，奋力上举；又让黎双手按地，用力下压。于是震惊的一幕出现了：天不断上升，地不断下沉，天与地的距离越来越远，以至于天地神人的通道全部都破碎了，据说最后只剩下昆仑山一个地方，还留有一个通往神的通道。

至此天地决裂，人神分离，这就是历史上——或传说中——的大事："绝地天通。"

这件事至少带来了两个巨大的影响：一是天地分开，人的独立性、自主性得到了空前的确立；二是政教合一统治模式的完结，人的价值得到了空前的彰显！

至此我们看到了一种历史现象：中国几千年的发展，似乎从开始就缺乏一种宗教的精神，取而代之的是对人价值的追寻与肯定，形成了千姿百态的各家思想，其中又以重血缘、重伦理的儒家思想为主流。

如果没有"绝地天通"这一传说，或是没有人神分离的这一过程，那中国的历史还真说不定会出现一个"摩东"，来带领我们分黄河过长江。所以想想，绝地天通，天地不交，似乎又不完全是坏事。

中西方对待才女的不同

不论是简奥斯汀、勃朗宁姐妹,还是玛丽安伊万斯,西方早期女性作家的才气往往都需要遮掩才能得到传播;相比于西方这种对女性才华的蔑视,宣扬"女子无才便是德"的中国,自古以来反而格外开明。

虽然被三从四德温良恭俭让牢牢制约,但是才气斐然的女性,无论从事何种职业,却格外受到在古代几乎被男性垄断的文坛骚客们的欣赏与怜惜!一面歌颂女性,一面寻觅珍惜,不得不说,这不仅是追求两性平等的一个进步,更是对女性柔弱细腻的惜爱与欣赏。这是西方所推崇的绅士风度、骑士精神,更是我们中华民族骨子里的君子气度!

照片为当时正读的书

感恩疤痕

有一天爷爷把我带进卧室,悄摸摸地从床头柜里拿出一个铁盒递给我,告诉我,这个东西从今天开始就属于我了。我打开后发现里面是他的勋章和十个扣在弹夹的子弹,我眼睛睁得大大的,至今还记得他对我说的话:

"这些东西和我一样老,是打仗的时候留下的,上面这些痕迹每一个都有故事,现在这些交给你保管了。"

勋章和子弹上面有着疤痕,脏脏旧旧的,证明着它们跟随爷爷的历史。这些东西究竟经历了怎么样的故事呈现在我的面前,我一无所知,但却被这些无知经常拉回到属于爷爷的那段历史里。可是有一次,却不知道何故,在一个异于历史的语境里,他的话让我醍醐灌顶。那是个糟糕的一天,因为我的粗心,我心爱的手表从更衣室的柜子里被我重重地摔在了地上。

手表的表壳上砸了一个重重的疤痕,身边的朋友都唏嘘不已!那一刻我心如死灰,恨不得去扼住前一秒的咽喉!可一切都于事无补,摆在我眼前的事实就是,我不得不面对曾经完美的手表上摔出疤痕的现实。

表壳的疤痕让我久久难以释怀,可是突然有天晚上,当我独自沉浸在自责与懊恼中的时候，爷爷的那句话在我耳畔出现了……

"这些东西和我一样老，是打仗的时候留下的，上面的疤痕每一个都有故事……"

就是在这一刻，我突然释怀了。

表壳的故事足以让我编成一个故事说给下一位女友听，就如同我手臂上的疤痕。一旦一个新物件有了损伤，那一刻它就有了独一无二的特质，让它融入历史里，那一刻它就有了自己的永恒。每当和别人说起那道深深留在我手臂上的疤痕的时候，经历和故事不就是从我身上掠过吗？一个物件的厚重感，不就是因为上面的印记才得以体现；一个人的阅历，不也是因为跌跌碰碰而形成的吗？

我从手表的磕损中走了出来，当有人看我的手表，并惊呼上面的损痕时，每当这个时候，我就会让他们获得比知道这个损痕更值得他们留意和感慨的地方。

如今，这件事情已经过去十年有余了，每当我想起的时候，老物件的历史感和一个人的成长，早已自然地融为了一体。我们都会成为一个老物件，我们物上的损痕，身上的和心上的让我们有了历史，有了沉重感，磕磕碰碰一路走来，是应该感谢身上的伤痕，这些或明或隐的疤痕构成了我们的历史，成就了我们，因为这些印记，让我们也成了历史的一部分。

如今爷爷已经去世多年,他和他的老物件却一直存在我的世界里。这些历史的疤痕,是大浪留给他们的粗粝,他们没有成为历史的细碎,没有被淹没,而是在大浪中成为永恒。

我们也会如此,这要感恩经历给我们的疤痕。

后 记

这本《龙集拾光》选录了我在龙集工作之余所写的200余首诗词和50多篇文章，如示所见，有乡村风景的描绘，也有任职时期的感悟，有风情逸趣的随笔，也有所思所想的阅读，尤其是一段特殊时期的经历，留下了很多值得回忆的片段。全书分诗篇和文篇两部分，按照写作时间顺序整理，真实记录了这两年多来的心路履历和新时代苏北基层发展的美好一页。

在这里要对每一位支持龙集发展的人表示谢忱：感谢支持我工作的后方单位领导和同事们，没有你们的支持，河口的发展与变化也不会如书中所述。感谢宿迁、泗洪和龙集的领导和同事们，没有你们的坚守与付出，不会成就越来越美好的龙集。还要感谢我的老师和朋友们，在我迷茫和迟疑中，不断给我注入自信与力量。还要向我的家人表示感激，是你们的支持使我在两年多来能顺利完成任务，并鼓励我将这些文字拼接成一个整体，今天能以原稿的本来面目完整地出版。

但是这本书的出版也常常让我陷入另一种不安。法国学者雷吉斯·查布雷曾说："风景只能产生于远眺自然、无需每日埋头在地里劳作的城市人的眼中。农民对风景根本不在乎,因为他为生活所迫,生存才是第一位的。"这句话常常发聩在我耳畔,让我惭愧多余的情逸,以至于每当有龙集的朋友给我留言,感慨身边的美好时,一对矛盾的博弈就会在我体内滋长,一方面让我更有责任做好这本拾光的采撷送给龙集的乡亲们,告诉他们家乡有多美,但同时,也深深自责在这两年多还有很多没做好的地方——我常反思,若有一天,连自己和风景也无暇顾及,那时的我又会写下怎样的文字?

但无论怎样,龙集的醇美与发展都值得推崇。当我的这本书即将付梓之时,龙集的建设依旧如火如荼:排定的"三园"各类项目正在有序推进中,其中三和古街已全面复工,金纯文化公园项目正式启动,集镇区主出入口已被列入2024年建设计划,尚嘴农旅康养、文化影视正在洽谈中……龙集被列为宿迁市"大美田园、和美家园、富美农园"的试点乡镇,去年派驻的河口社区也被纳入宜居宜业和美乡村建设……龙集正在振兴之途上奔腾!

这本书自然不能涵盖龙集的发展,在编撰的过程中,东南大学出版社的谢淑芳编辑用她的专业和品位让本书愈加增色;封面设计的毕真老师也极有耐心地反复与我沟通和打磨,让龙集的魅力能更加地一目了然。但我也深知，还是需要读者发挥自己的想象力和洞察力去弥补我笔触的阙略。我相信，文采的不足阻挡不了实践的弥补，文本的局限也遮掩不住现实的超越，龙集的大美会一直闪耀在那里，并伴随着乡村全面振兴而愈走愈实！

而我，一个经历了两年三个月的"龙集人"，终是要告别这片土地……请允许我用这样的方式，感谢大家两年多来的照顾，谢谢大家！

2024 年 6 月 2 日于南京